チア☆ダン

ROCKETS
①9年後のJETSとわかば

みうらかれん・文
榊 アヤミ・絵
後藤法子／徳尾浩司・ドラマ脚本
映画「チア☆ダン」製作委員会・原作

角川つばさ文庫

登場人物

藤谷わかば

ちょっぴりおバカな16歳。
かつてJETSにあこがれてたけど…。

桐生汐里

東京からやってきた、嵐みたいな転校生。
春馬のことがLOVE！

椿山春馬

わかばの~~彼氏~~幼なじみ。
野球部のエース。

漆戸太郎

たよりない社会科教師。
チアダンス部の顧問に？

桜沢麻子（イインチョウ）

わかばの同級生。
イヤミな教頭のイヤミな娘。

柴田茉希

不登校中の訳あり女子。
夜な夜な町でおどってる？

栗原 渚

陸上部所属。
足が速いけど大ざっぱ。

榎木妙子

エノキ食堂の看板娘。
なぜかチアダンス部に…。

橘 穂香

バレエ経験ありのお嬢様。茉希が苦手。

蓮実 琴

日舞の家元の娘。
無口で無表情。

友永ひかり

JETSの顧問。
わかばのあこがれの人。

紹介マンガ
あたし藤谷わかば！
ちょっぴりおバカな16歳!!
ちょっぴりやないやろ…
9年前、福井中央高校チアダンス部JETSが
全米優勝するのを見て以来、
※前作『小説 チア☆ダン 女子高生がチアダンスで全米制覇しちゃったホントの話』より
あたしの夢はJETSのセンター！
元JETSのセンター
ひかりさん
8歳のあたし
なのに――
まさかの高校受験失敗!!
あ、あれ？
あたしの番号は…
その夢をかなえたのは、お姉ちゃんだった。
あおい
完璧美人！JETSを全米三連覇に導く！
うそ…
あたしはしかたなく西高チアリーダー部に入部し、
おさななじみのハル
つまらない高校生活を送ることに。
やる気な〜〜〜い
努力はうらぎらないなんてうそや。
どんなにがんばっても、
無理なものは無理。
あたしの夢は、
もう…どっか遠くに消えて――
ねえ！
ねえ、キミ！

そんなあたしが出会ったのは、
チアダンス部つくって、JETSをたおさない？
それで全米制覇!!
東京から来た転校生だった。
はあ？
だれ？
汐里
チアダンスなんてバカみたい
イインチョウ
その日から、あたしの人生は一変する。
てめーこら！ケンカ売ってんのか!?
やめなって!!
あなたもチアの心は完璧やね！
9年後のひかりさん！
あこがれの人に会いに行ったりして、
顧問のタロウ
チーム名はROCKETSや！
仲間をつくったり
もう一度夢を追いかけていく。
どうなる、あたし！
初恋の予感!?
JETSをたおせるの??
え〜〜〜〜!!
な
大どんでん返しがいっぱいの青春物語、はじまりますっ！

第1話 9年後の「やろっさ！ チア☆ダン」

第2話 西高チアダンス部、ROCKETS！

第3話 恋と夢と「あたしなんか」と

チア☆ダンROCKETSはじまりま〜っす！
福井名物!!へしこチャーハン

第1話
9年後の
「やろっさ！チア☆ダン」

プロローグ

福井公民館の大きなモニターにうつしだされる、チアダンス全米大会の映像。二分半、まばたきするのもわすれて、画面を見つめていたのは、八歳のあたし。

そこにうつるすべてが、キラキラしてた。体が勝手にリズムをとって、いっしょに動く。見ているだけで、こっちまで笑顔になって、元気がわいてくる。

曲が終わる瞬間、センターの子が、ポンポンをかかげて、高く高くジャンプした。

おしよせる感動に、ぶわっと体じゅうが熱くなる。

すごい！　かわいい！　かっこいい！　きれい！

頭のなかは、そんな言葉でいっぱいで、まるで、心の花畑が一気に満開になったみたいだった。

「**……あの人みたいになりたい**」

思わずつぶやいた言葉は、公民館にひびく、ＪＥＴＳへのおしみない拍手の音に飲みこまれた。

あたしがずっとドキドキしながら画面を見つめていると、画面のなかのおじさんが、英語でなにか言った。

その瞬間、公民館にあつまっていたすべての人が、いっせいにワッとわいた。公民館がゆれそうなくらいの歓声。なにが起こったのかわからなくて、あたしはとなりにすわっていたお姉ちゃんの顔を見あげる。

「のぉ、お姉ちゃん、なに？　なんて？」

するとお姉ちゃんは、ぱあっと顔をかがやかせて、あたしの両手をつかんだ。

「優勝したって！　福井のＪＥＴＳが！　アメリカで！」

「それって、世界一ってこと!?　すごい……っ！」

そしてあたしは、まわりの歓声にも負けないくらいの大声で言った。

「**あたしも、福井中央高校のＪＥＴＳに入って、いっしょにおどりたい！**」

そのときから、それがあたしの夢になった。絶対にかなえたい、大きな夢。

でも、その夢を実現したのは――。

打倒JETS!? 嵐みたいな転校生

JETS全米三連覇。

リビングにかざられた記念写真のまんなかに、最高の笑顔で立っているのは、あたしじゃない。

あの日、いっしょにJETSの優勝を見ていたお姉ちゃん、**藤谷あおい**。

あれから九年。あたし、**藤谷わかば**は、十六歳、高校二年生になった。

そして、文武両道、容姿端麗、おまけにやさしくて性格もいい、だれもがうらやむ自慢のお姉ちゃんは、二十一歳。高校時代に、JETSのセンターとして、見事に三度目の全米制覇をなしとげたあとは、地元の大学を優秀な成績で卒業。今は、メガネ部品をあつかう実家の仕事を手伝っている。

「お母さん、ほしたら行ってくるでの」

土曜日の朝、制服に着がえたあたしが家を出ようとすると、お母さんが「あれ」と目を丸くする。

「わかば、今日、学校休みじゃないんか？」

「言ったが、今日、チア部やって。野球部の地方予選の試合があるで、その応援」

あたしがちょっとイライラしながらそう言うと、お姉ちゃんがリビングの奥からひょこっと顔を出して、にこっと笑う。

「行ってらっしゃい、わかば。がんばっての」

がんばって、のぅ……。

お姉ちゃんの言葉に、あたしは苦笑いを浮かべて家を出た。

チア部はチア部でも、お姉ちゃんが所属していたチア部、ＪＥＴＳと、あたしのいるチア部は、ちょっとちがう。

だって、あたしが今着ている制服は、ＪＥＴＳのある福井中央高校のものじゃない。そのとなりの、福井県立西高校のものなのだから。

★ ♪ ★ ♬

「……七回表で、０対０。なーんか、地味な試合展開でつまらんのぅ」

となりでそうぼやいたのは、同じクラスの友だち、西高チアリーダー部の二年生、**稲森望**。

夏の高校野球の地方予選がおこなわれている、福井市民球場。あたしは応援席に立って、だまったまま、試合中の野球部を見下ろした。
よりによって対戦相手は、福井中央高校。もちろん、むこうの応援をしてるのは、JETSだ。ぴったりそろった動きと、はじける笑顔。むこう側の応援席は、太陽にも負けないくらいまぶしい。地方予選にもかかわらず、ここは甲子園かと思うような、全力の応援。
いっぽう、こっちの応援席はというと、望はやる気なくスマホをながめているし、同じ二年生のさくらと美菜は、自撮りして遊んでいる。恵理と香は、メイクをなおすのに夢中。
一年生の**芙美**と**カンナ**、真子と夕実も、すわりこんで、ただぼーっと試合をながめている。

そうこうしているあいだに、守る七回表、ツーアウト満塁のピンチがおとずれた。マウンドでボールをにぎるピッチャーに向けて、あたしは思わず、祈るように手を合わせる。

……ハル、おねがい。守って。

ピッチャーとしてマウンドに立っているのは、A組の**椿山春馬**、通称**ハル**。

そして、ハルはあたしの――。

「わかばの彼氏、がんばってるのぅ」

望がにやにやしながらそう言って、あたしの肩をつついた。

「彼氏じゃなくて、幼なじみ！」

「まあまたぁ！　春馬くん、野球部のエースやし、あのなかではダントツで顔もイケてるし、けっこう人気やよ。ちゃんとつかまえとかんと、ほかの子にとられてまうでの」

「だからぁ、ハルとはそういうんじゃないって――」

そうこたえかけたとき、ハルが大きく振りかぶった。あたしは言いかけた言葉を止めて、マウンドをじっと見守る。

でも、ハルが投げたボールは、少しそれて、相手のバッターの腕をかすった。デッドボール。満塁だったから、おしだしで一点入ってしまった。

「……大丈夫。まだ一点。ハル、まだまだ大丈夫や」

ところが、そんなあたしの祈りもむなしく、そこからハルのピッチングはどんどんみだれていった。ストライクが入らず、ボールやデッドボールを連発。

やっとどまんなかのコースに入ったボールは、キインという甲高い音といっしょに、スタンドにとびこんでいった。

結局、試合が終わってみれば、結果は「10対0」。うちのボロ負け。

「ま、相手が強豪の福井中央じゃ、しゃあないって」

「がんばったほうやが。帰ろ、帰ろ」

チアリーダー部のみんなは、「やっと終わった」と言わんばかりに、さっさと応援席から去っていく。

あたしが――あたしだけが、ひとりで未練がましくその場につっ立っていると、望があたしの肩をぽんとたたいた。

「わかば、あたしらも帰ろ。どっかよって、遊んで帰ろっさ」

あたしは、小さな声で「……ほやの」と返事をする。でも、胸のなかには、もやもやしたものがのこっていた。

あたしはぎゅっとこぶしをにぎりしめて、「10対0」のスコアボードをにらみつける。

……ただ負けたことがくやしいんじゃない。負けてもくやしくないことが、もっと、くやしいんや。

ついさっきまで、JETSがおどっていた相手側の応援席に、ちらりと目を向ける。

あそこは、あたしが立ちたかった場所。立てなかった場所。

どんなにがんばっても、どうにもならんことはある。努力はうらぎらないなんて、うそや。

夢はもう、どっか遠くに消えてもた。

★ ⋆ ♪ ⋆ ⋆ ★ ♬

「はぁ……」

あの試合から数日、あたしは、チアリーダー部の部室で、ポンポンを手にため息をついた。そのようすを見て、望があきれ顔でたずねてくる。

「わかばぁ？　まぁた、ため息？　まだこないだの野球部の試合のこと、引きずってるんか？」

「……んー」

「まぁ、彼氏はざんねんやったけどのぅ」

「だから、彼氏じゃない、幼なじみ」

たしかに、あの試合の後半、デッドボールで一点とられたあたりから、ハルのようすはちょっとおかしかった。最近、ハルともしゃべれてないし、ずっと気にはなっている。

だけど、ため息の原因は、それだけじゃない。

あれから三年生の先輩たちが引退して、望がチアリーダー部の部長になった。でも、あいかわらずチアリーダー部は、だらけた雰囲気のまま。

二年生のみんなは、チアよりも、ファッションとかメイクとか、恋バナとか、そういうことに夢中。二年生がこの調子じゃ、もちろん、一年生もやる気になるはずがない。

あたしが、本日何度目かの深いため息をつこうとした、そのとき――バァンとすごいいきおいで部室の扉がひらいた。

とびこんできたのは、見たことないブレザーの制服を着た女の子。あたしたちが口をひらく前に、彼女は、キラキラした笑顔で、うれしそうに言った。

「チアリーダーのみなさん!?」

「えっ!? そ、そうですけど……」

おずおずとこたえると、彼女はぱあっと顔をかがやかせて、ぺこりと頭を下げた。

「はじめまして！　東京から転校してきた、**桐生汐里**です！　急だったから、制服、まだまにあってなくて！」

それって、つまり……、入部希望の転校生ってこと？

ひとりだけちがう制服。あたしらみたいな福井弁とはちがう標準語。美人でスタイルもいいし、なんだか華のある子──それが、ふしぎな転校生、桐生汐里の第一印象だった。

「えっと、入部希望やったら、この稲森望が部長で……」

あたしが望を紹介しようとすると、桐生さんはあたしの言葉をさえぎって、期待に満ちた顔でさけんだ。

「大会の練習は!?」

「は？　大会？」

「競技大会の練習！」

「……ああ、それやったら、西高のチアリーダー部は、応援専門で、競技大会には出んのよ。タンブリングやらスタンツやら、アクロバットなこと、あたしら、できんしのぅ」

あたしたちが顔を見あわせて、「のぅ」とうなずきあうと、桐生さんは「えっ？」と目を丸くする。

「でも、ダンスは？」

「ダンス？」

「チアダンス！　まさか、やってないの？」

……そんな、やっててあたりまえみたいに言われても。

「やってないのぅ」

あたしたちがそうこたえると、桐生さんは、「信じられない」という顔になる。

「はぁ!?　福井の子って、みんなチアダンスやってるもんじゃないの!?」

そんなアホな。

でも、桐生さんの目は、マジだ。どうやら、本気で言ってるらしい。

「むしろ、なんでそう思う？」

「だって、福井っていったらチアダンスでしょ？　福井中央高校のJETSでしょ？　全米チアダンス大会で、何度も優勝してる」

「ほしたら、甲子園がある大阪の子らは、みんな高校野球してるんか？　って話やの」

あたしが「われながらうまい切りかえしやったのぅ」と思ってたら、望に「甲子園は兵庫県」とつっこまれた。……ちょ、ちょっとまちがえただけやし。

「でも、わかばの言うとおり、JETSがあるからって、福井の女子がみんなチアダンスしてるわけないが」

「ほやほや」

あたしたちがそう言うと、桐生さんはしゅんとして「そっかぁ……」とだまりこんだ……と思ったら、今度はとつぜん「わかった！」とさけんだ。

「じゃあ、今からやろ！　チアダンス！」

……はい？

「あたしが基礎から教えるから！　ダンスの練習、しよ！」

「いや、なんでそんな――」

あまりの急展開に、とまどいをかくせないあたしたちに向かって、桐生さんはきっぱりと言いきった。

「JETSに勝ちたいから！」

桐生さんはびしっとこぶしを天につきあげる。

「JETSに勝って、アメリカに行く！　めざせ、全米制覇！」

……え、この子、いきなりなに言いだした？　JETSに勝つ？　全米制覇？　あたしらが？

「……無理や、無理」

あたしがぼそっとつぶやくと、桐生さんがぐっと顔をよせてくる。

「なんで？　あなたは知らないかもしれないけど、ＪＥＴＳっていうのは――」

「あー、わかばにそんなん説明してもむだやって。ＪＥＴＳのすごさやったら、わかばがいちばんよく知ってるぅ」

桐生さんの言葉をさえぎって、望があたしの肩をつついてくる。そして望は、まるで自分のことみたいに、なぜかちょっととくいげに言った。

「この子のお姉ちゃん、高校三年のときにＪＥＴＳのセンターやって、全米三連覇したんやよ」

そう。あたしもあの日のことはよくおぼえている。

公民館でＪＥＴＳの演技に感動した五年後、お姉ちゃんが十八歳のときに立っていた場所は、全米の舞台。あの日、あたしがあこがれた、ＪＥＴＳのセンター。

三連覇が決まったときは、あたしも本当にうれしくて、「十八歳になったら、絶対、あたしもお姉ちゃんと同じあの舞台に立つんや！」って、本気で思ってた。

桐生さんは、しばらくぽかんとした顔でかたまっていた。でも、あたしがＪＥＴＳの元センターの妹だとわかると、くわっと目を見ひらいて、あたしに一気につめよってくる。

「名前は!? お姉さんの名前は!?」

ころころ表情がかわって、いそがしい子やのぅ。

「……藤谷あおい。もうとっくに卒業したけど」

「なんで!? なんでそんなすごいお姉ちゃんがいるのに、あなたはJETSに入らなかったの!?」

……なんというか、悪気のない顔で、痛いところをついてくる。

「落ちたんや、受験で。ダンスの練習はばっちりやったけど、頭悪いでのぅ、あたし」

あたしが苦笑いをしながらこたえると、望が
「さっき、甲子園が大阪にあるとか言ってた時点で、おさっしやの」と笑う。だから、ちょっとまちがえただけやって。

でも、桐生さんはたいして気にするようすもなく、目をかがやかせている。

「じゃあ、ダンスの練習はしてたんだ？」

「まぁ、バレエとかちょっと習っただけで……、お姉ちゃんみたいにうまくはなかったけど……」

あたしの話を聞いてるのか聞いてないのか、桐生さんはうれしそうにその場でターンして、あたしの手をがしっとつかんだ。

「バレエ、いいね！　ダンスの基本じゃない！」

つかまれた手が、無理矢理高くかかげられる。

「きっとあなたにも、チアの才能があるよ！　藤谷あおいさんの妹の……えーっと……」

そういえば、いきなりダンスやろうとか全米制覇とか言いだすから、自己紹介もろくにしてなかったっけ。

「わかば。藤谷わかば」

「**わかばさん！　やろう、チアダンス！　いっしょに、全米制覇しよう！**」

……いやいや、冗談やろ、さすがに。

桐生さんにかかげられたままの自分の手を見ながら、あたしは思わず苦笑いを浮かべた。

2 夢をかなえる人

ところが、悪い冗談は、あの場だけでは終わらなかった。

桐生汐里は、とんでもない子やった……。

「やろうよ！　チアダンス！」

一度ことわったにもかかわらず、桐生さんはまったくめげていなかった。それどころか、問答無用で、勝手にどんどん距離をちぢめてくる。どんな鋼の精神力してるんやし！

「わかばちゃーん！　ねぇねぇ、わかばー！」

「呼びすてかい！　ていうか、やらんって！」

どれだけ逃げても、桐生さんはあたしを追いかけてくる。

教室を出て廊下の角を曲がれば、両手を広げた桐生さんが立っていたり。

体育のあと、ボールを片づけに用具室に入ると、なぜか桐生さんがなかで待っていたり。

トイレで手を洗っていると、うしろに立った桐生さんが、ぬっと鏡にうつったり。

怖いわ！　ホラー映画かって！

おかげであたしは、休み時間のたびに、不毛な鬼ごっこをさせられていた。

「わかばー、待ってよー！」

チアリーダー部はあたし以外にもいるのに、完全にターゲットにされてる。元ＪＥＴＳのセンター、藤谷あおいの妹ってだけで！

「あぁ、もう！　やで、あたしは絶対チアダンスなんて――わっ!?」

あたしが廊下を走って逃げていると、曲がり角でだれかにぶつかった。

「あっ、す、すみません！」

あわててあやまったあたしの目に飛びこんできたのは――恐竜。いや、正しくは、リアルな恐竜の模型。

学校にこんなもん持ってくるなんて、ずいぶんマニアックな趣味を持った生徒やのぅ……。もしかして、恐竜マニアか？

なんて思いながら、相手の顔をよく見ると、恐竜の持ち主は生徒じゃなかった。

メガネをかけた男の先生。顔立ちはわりとかっこいいけど、気弱そうなたれ目とボサッとした髪型のせいか、どこかさえない雰囲気がただよっている。

「ケガ、ないか？」

「あ、はい……」

っていうか、こんな先生、いたっけ？　見たことない気が……いや、今はそんなことを気にしてる場合じゃない。階段をかけあがる桐生さんの足音が、すぐそこまでせまっている。

「えっと、すいませんでした！」

あたしがペこりと頭を下げてまたかけだすと、ワンテンポおくれて、

「あっ、廊下は走らんように！」という声が飛んできた。

……なんか、どんくさそうな先生やのぅ。

あたしがちょっとあきれながら、ちらりとふりかえると――。

「わーかーばっ！」

桐生さんにがしっと肩をつかまれた。

あぁ、もう！　あの先生にぶつかって、タイムロスしたせいや……！

ついに逃げきるのをあきらめたあたしは、ふーっとため息をついて、桐生さんの顔を見る。

「やでの、桐生さん、あたしは――」

「汐里でいいって！」

「……汐里。やでの、あたしは、チアダンスなんて――」

「あっ、そろそろチャイム鳴っちゃうじゃん！　教室もどらなきゃ！　絶対、いっしょにチアダンスやって、ＪＥＴＳに勝とうね！　じゃ、また！」

「えっ……ちょっ……!?」

言いたいことだけ早口に言って、桐生さん――汐里は、嵐のように去っていった。

「……変なのに目ぇつけられてもた」

さいわい、汐里とはクラスがちがうので、授業中だけは安息の時間。たいして授業も聞かずに、あたしがとなりの席の友だち、**柳沢有紀**に向かってぼやくと、有紀も「変な転校生やのぅ」と小さく笑う。

「いきなり全米制覇って……。アホや」

あたしがぶつぶつ文句を言っていると、絵のとくいな有紀は、ノートのはしっこに小さなイラストを描きはじめた。

チアの衣装を着た女の子が、ポンポンをかかげて、「打倒ＪＥＴＳ！」とさけんでいるイラスト。汐里のイメージ、そのまんま。

「おぉ。さすが有紀、絵うまいのぅ」

つい大きな声が出て、先生に思いっきりにらまれた。あたしはぺろっと舌を出して、あわてて授業にもどる。

たいくつな授業を聞き流しながら、あたしはもう一度、有紀のイラストに目を向けて、小さくため息をついた。

……なにが打倒JETSやし。やるわけないが。チアダンスなんて。

★ ★ ♪ ★ ★ ★ ♬

全米制覇なんて、できっこない夢を抱くよりも、チアリーダー部で、身の丈に合った活動をするほうがいい。幼なじみのハルがいる野球部の応援ができれば、それで十分や。

放課後、あたしが靴をはきかえて校舎を出ると、目の前のグラウンドで、野球部が練習にはげんでいた。でも、今日はグラウンドにハルの姿がない。

よく見ると、ハルは、グラウンドわきの水飲み場で、キャッチャーの上杉くんと、真剣な顔で立ち話をしていた。でも、練習着の上杉くんとちがって、ハルは制服のまま。

話を終えて立ち去ろうとするハルの背中に、上杉くんが大声でさけんだ。

「しばらく練習休んで、またもどってくればいい！　春馬、待ってるでな！」

……え？

上杉くんの言葉を聞いて、あたしは思わずハルにかけよる。

「ハル！　野球部、休むんか？　どっか、ケガでもした？」

あたしが声をかけると、ハルはちょっと気まずそうな顔でうつむいて、首を横にふった。そして、グラウンドのほうを一瞬だけ見て、ぽつりとつぶやいた。

「**……怖い**」

「へ？」

「**ボールをにぎるのも、怖い**」

思いもよらない言葉に目を丸くするあたしに、

ハルは力なく笑った。

「……もう、やめるしかないかも」

それだけ言うと、ハルは、あたしと一度も目を合わせずに、グラウンドに背中を向けて、そのままさっさと行ってしまった。

ハルが、野球をやめる？　それこそ、悪い冗談……やがの？

あたしがその場に立ちつくしていると、うしろから、空気を読まずに、かろやかな足音が近づいてくる。

「わーかば！　いっしょに帰ろー！」

明るい声の主は、もちろん汐里。……まだあきらめてなかったんかし。

結局、そのあとも、汐里のしつこい勧誘を必死でことわるはめになって、ハルを追いかけることはできなかった。

★ ☆ ♪ ★ ☆ ★ ♬

なんか、今日はどっとつかれた……。

帰り道でも、わかれるまでずっと、汐里に「チアダンスやろう」とさそわれつづけたあたしは、最後はほぼ逃げるようにして、くたくたの状態で家に帰ってきた。

「ただいまぁ……」

玄関で靴を脱ぐと、すぐに愛犬のタロウがかけよってくる。タロウは人なつっこい柴犬。つかれた心と体が、しっぽをふるタロウのかわいらしさで、じんわりいやされていく。

あたしがにこにこしながらタロウをなでた、その瞬間。

「あおい、どういうことや!?」

リビングのほうから、お母さんの怒鳴り声が聞こえてきた。思わず、タロウといっしょにびくっと体をちぢめる。

そろりとリビングをのぞきこむと、食卓をはさんで、お母さんとお父さんの向かいに、お姉ちゃんがすわっていた。

昔から、あたしよりもお姉ちゃんのほうが聞きわけがよかったのに、ケンカなんてめずらしい。あたしが怒られることはあっても、お姉ちゃんが怒られることなんて、ほとんどなかったのにのう。

空気を読んで、あたしが足音を消しながら、ゆっくり自分の部屋にもどろうとしたとき——お姉ちゃんの凛とした声が聞こえた。

「だから、わたし、東京で働く」

……え？

思わぬセリフに、あたしがあわててリビングにかけこむと、あたしの顔を見たお姉ちゃんが、にっこりとほほえむ。

「あ。おかえり、わかば」

「ただいま……じゃなくて！　どゆこと⁉　今、東京で働くって……！」

見れば、お父さんとお母さんも苦い顔をしている。でも、お姉ちゃんは、たんたんとした口調で言った。

「夢やったんや。顧問として、今度はわたしがだれかをアメリカに連れて行く。そのために大学で教員の資格も取ったし。ようやく就職先、見つかった。東京の私立高校で、チアダンス教える」

でも、そんなこと、今までひとことも……！

「……そんなもん、福井でやればいいやろ」

お父さんが、ふだんとはちがう低い声で言う。でも、お姉ちゃんは首を横に振った。

「はなれたいんや、福井を。ここにいたら、わたしはずうっと、元ＪＥＴＳや。元ＪＥＴＳっていったら、みんな信用してくれて、ほかで教えるより楽やろ」

楽なんやったら、それでいいが。

あたしはそう思った。きっと、お父さんとお母さんも、同じことを思ったはずだ。

それでも、お姉ちゃんはちがった。

「楽でない道を行きたいんや」

きっぱりと言いきられて、お父さんもお母さんも、そしてあたしも、言葉をうしなう。

「……こんな大事なこと、ずっとだまっててごめん」

お姉ちゃんは、真剣な顔であたしたちに頭を下げて、立ちあがった。

「でも、もう決めたで」

部屋にもどる前、そう言ってお姉ちゃんがあたしに向けた笑顔は、どこかさみしげだった。


夢をかなえる人は、いっつもこうや。不安に思ったり、まよったりする前に、いつだって行動する。自分のやりたいことに向かって、自分の道をつき進んでいく。

「……いいよのぅ。夢をちゃんとかなえられる人は」

自分の部屋にもどったあたしが、ベッドの上でひとり、クッションをかかえてぼやいたとき、コンコン、とノックの音がした。あたしは返事をしなかったけど、お姉ちゃんは、そっと部屋に入ってきた。

「わかば、ないしょにしててごめんのぉ」

あたしのとなりにすわったお姉ちゃんは、おだやかな、やさしい声で言った。そのいつもどおりの声が、逆にあたしをイライラさせる。

「……べつに。いいんでない。お姉ちゃんの人生やし」

つきはなすみたいにそう言うと、お姉ちゃんが少しうつむいてだまりこむ。

そんな顔するくらいなら、やめたらいいのに。東京に行くのなんて。

「でも、お姉ちゃんはいいのぅ。やりたいこと、かんたんに、どんどん実現できて」

「……かんたん？　そう見えるか？」

「ほやろ。あたしとは、ぜんぶ、逆や」

小さいころから、いっつもそうや。

JETSにあこがれて、家族の前でダンスのまねごとをしたときから、ずっと感じてた。ふたりでいっしょにおどっても、みんな、上手なお姉ちゃんしか見てない。拍手をあびるのは、いつもお姉ちゃんのほう。

人生の大事な場面で成功するのは、いつだってお姉ちゃんだけ。習い事のバレエだって、高校受験だって、部活だって。

あたしなんて、JETSどころか、そもそも福井中央高校に入ることさえできんかったのに。

「東京でもがんばっての。……お姉ちゃんは、夢をかなえられる人なんだから」

つい、イヤミっぽくなった。でも、本心だ。

あたしの言葉を聞いたお姉ちゃんは、静かな声でたずねてくる。

「わかばの夢は、もうないんか？」

あたしがこたえのかわりに苦笑いを浮かべると、お姉ちゃんがさみしそうな顔になった。

「……わかば、なぁんも話してくれんくなったの。昔はいろんなことふたりで話したのに。人見知りやったわたしが、バレエ習いはじめたのかって、わかばが言いだしたでやよ。わかばがいてくれたで、わたしもがんばれたんやよ。なのに――」

「お姉ちゃんには、わからんよ！」

思わずベッドから立ちあがったあたしは、お姉ちゃんの言葉をさえぎってさけんだ。

「あの藤谷あおいさんの妹って、いっつも言われて。くらべられる気持ちとか……いっくら勉強しても頭に入ってこない気持ちとか……、お姉ちゃんに、わかるわけない」

「わかば……」

「宿題せんとあかんで、もう出てって」

わざとぶっきらぼうに言って、あたしは机に向かった。今、宿題なんてやっても、集中できるはずないのに。

ノートのてきとうなページをひらいて、ペンをにぎったとき、うしろでお姉ちゃんがぽつりとつぶやいた。

「……かんたんじゃない」

お姉ちゃんは、小さな声でそう言った。

「JETSでの三年間も、今も。かんたんに手に入れたもんなんか、ないよ。今かって、怖くてたまらん。ほんとに東京でやっていけるんか、不安やし――」

「ほやけど行くんやろ？　東京に」

あたしがどこかすねたようにそう言うと、お姉ちゃんはそっとうなずいた。そして、小さいけど力強い声で言った。

「……なんのトライもせんとあきらめたら、わたしはわたしに、がっかりしてまうでの」

お姉ちゃんは「じゃましてごめんの」と部屋を出ていく。あたしはふりむくこともできずに、ただ、だまったまま、まっ白なノートを見つめていた。

3 「チアダンス部をつくらせてください！」

「『中庭きて！』……って、なんやこれ？」

つぎの日の昼休み、チアリーダー部のＬＩＮＥに、そんなメッセージが送られてきた。

送信者、桐生汐里。いつのまにグループに入ってたんやし。

……なんか、いやな予感がする。でも、無視するわけにもいかんしのぅ。

とりあえず中庭に行ってみると、先にあつまっていたチアリーダー部のみんなが、ポンポンを持って立っていた。そして、みんなの前に先生のように立った汐里が、はきはきした声で、なにかしゃべっている。

「チアダンスは、チアリーディングのダンス部分だけが独立したもの。大会ではいろんなダンスの部門があるんだけど、チアダンス部門では、そのなかに四つの要素があってね。まずは、ポンポンを使っておどる**ポンダンス**」

汐里が、ポンポンを持った手を上に下に動かしながら、元気に説明をつづける。

みんなにそっと近よったあたしは、すみっこにいた望に声をかけた。

「……のぉ、望。これ、なにしてるん？」

「さぁ？　いきなりはじまった、チアダンス講座。やれば絶対楽しさがわかるで、とりあえずやってみんかって、強引に」

望はあきれ顔で、持っていたポンポンを雑にゆらす。ほかのみんなも、ぽかんとした顔をしているけど、有無を言わせない汐里のペースにすっかり飲まれて、おとなしく解説を聞いている。

「ポンダンスのほかには、ストリートスタイルを取り入れた、**ヒップホップ**。バレエを基礎とした、しなやかな**ジャズダンス**。そして、一列にならんで息の合ったキックをする――**ラインダンス！**」

声に合わせて、汐里の長い足が、重力なんてないみたいに、ふわっときれいに持ちあがる。思わず、一瞬見とれてしまった。

「この四種類の要素で構成される約二分半のダンスが、チアダンス部門。JETSはその全米大会で優勝したわけ。じゃ、基礎的な動き、やってみよー！」

言うなり、汐里は「腕を上げて、ハイV！　下げて、ローV！　横にしてTモーション！」と、指導をはじめる。あたしもポンポンをわたされたので、とりあえず、みんなといっしょに言われるがままに手を動かしてみる。

でも、あたしたちのようすを見て、とたんに汐里があきれた顔になる。

「あー、だめだめ！　手のにぎりがぜんぜんなってない！　それでもチアリーダー？」

いきなり言いたい放題の汐里に、望やほかの部員たちが、一気にむっとした顔になる。でも、汐里はそんなこと、気にもとめていない。

「フィストは親指を前に。手の向きがバラバラじゃ、きれいにそろわないでしょーが！　そもそも、姿勢がなってない。そこ、ひざが曲がってる。そっちは胸を前に出しすぎ。あごはもっと引いて」

そんなことも知らないの、とばかりに、汐里は部員たちにビシバシと人さし指を向ける。

たしかに、汐里の言っていることは、チアダンスの基礎としては正しい。でも、今ここにいるメンバーのなかに、そこまでちゃんとした技術をもとめている子なんて、いるんやろか……？

あたしが心配したとおり、だれかが「いきなり来て、なに、あの子」とぼやいた。その瞬間、一気に負のオーラが伝染して、ほんの数分のうちに、中庭の空気がトゲトゲしたものになる。

「あと、そこの一年生！」

そんななか、汐里が指さしたのは、緊張したようすで立っている、一年生の麻生芙美。

芙美は気が弱いから、汐里になにか言われたら泣いてしまうんじゃ……？

勝手にハラハラしているあたしをよそに、汐里は芙美に向かって、真顔で言った。

「姿勢は悪くない」

「あ、ありがとうございます！」

「ただね、チアダンスは――」

「もういい。やめや」

汐里の言葉をさえぎったのは、あたしのとなりにいた望だった。

「うちらは、そういうノリじゃない。指の形までそろえんでも、応援はできる」

「でも大会じゃ――」

「大会には出んよ。チアダンスもやらん。出たい人もいないし。のぅ？」

望がそう言って部員たちの顔を見まわすと、みんな、「まぁ、べつに」と、あいまいにうなずく。やる気のない二年生たちを見て、汐里は一年生のほうに向きなおった。

「じゃあ、一年生は？　大会、出てみたくない？」

でも、一年生たちもみんなこまり顔になる。一瞬、芙美が口をひらきかけたけど――結局、もうしわけなさそうに小さく頭を下げただけだった。

「こんな自主練なんか、やってられんわ。うちらはもっと気楽に楽しくやりたいんや。みんな、行こ」

望がそう声をかけると、二年生の部員たちはバラバラとその場を立ち去っていく。芙美も、ほかの一年生たちといっしょに、去っていってしまった。

中庭にのこったのは、あたしと汐里だけ。汐里はうつむいてかたまっている。

「あの、汐里……」

ちょっと強引ではあったけど、よく考えたら、汐里はまだ転校してきたばっかり。なれない環境で、あれだけやる気だったのに、さすがにちょっとかわいそうかも――なんて思った瞬間、汐里はばっと顔を上げて、あっさり言った。

「**ま、いっか！**」

「**いいんかし！**」

切りかえ早すぎやろ！ 心配して損した！

あきれるあたしに、汐里はけろっとした顔で向きなおる。

「しょうがない。ふたりでチアダンス部、作ろう」

「はぁ!?」

「少数精鋭！ もう一回、最初から――」

いやいや、少数にもほどがある……っていうか、なんであたしは参加するの決まってるんやって！

意気揚々とおどりだそうとする汐里に向かって、あたしが反論しかけたとき——。

「**うるさい**」

中庭にあるベンチのほうからするどい声がして、あたしと汐里は思わずかたまる。

「よそでやってくれんか？」

声の主は、中庭のベンチで読書をしていた、同じクラスの**桜沢麻子**——通称**イインチョウ**。彼女は、うちのクラスの学級委員で、生徒会役員でもある。父親は、この学校の教頭先生。とにかく規律にきびしい、ザ・学級委員。あだ名もそのまま、イインチョウ。

麻子は、値ぶみするようにあたしたちをじろじろと見て、ふんと鼻を鳴らす。

「いっしょにいた子らがいなくなったとこ見ると、チアリーダー部としての活動でもなさそうやし。やるならやるで、学校側の許可、とってもらわんと」

「なっ!?　そっちが図書室でも行けば!?　いきなり、なにえらそうに——」

汐里がケンカ腰で麻子にかみつこうとするので、あたしはあわてて汐里をとりおさえる。

「ほ、ほやね、イインチョウ、ごめん！　ほら、汐里、行こ！」

さわらぬイインチョウにたたりなし。さっさとこの場をはなれよう。
あたしは、文句を言う汐里の背中を無理矢理おして、そそくさと中庭をあとにした。

まぁ、これで汐里もちょっとはおとなしくなる――なんて思ったのが、まちがいだった。

「チアダンス部をつくらせてください！　おねがいします！」
元気な声でそう言って、あたしのとなりで頭を下げる汐里。目の前でぽかんとした顔をしているのは、**校長先生**と**教頭先生**。

……っていうか、あたし、なんでこんなとこに。

中庭をはなれたあとも、汐里がずっと麻子の文句を言いつづけるので、あたしは、「言ってることは、正論やし」と汐里をなだめた……つもりだった。でも、なぜか逆ギレした汐里は「じゃあ、許可とればいいんでしょ⁉」とさけんで、あたしを校長室まで引っぱってきたのだ。

百歩ゆずって、職員室ならまだしも、いきなり校長室て……。

もちろん、校長先生も教頭先生も「この子たちは、なにを言ってるんだ」みたいな顔をしている。あたしはちがうってこと、できれば、この苦笑いからさっしてほしい。

校長先生は、まじまじと汐里の顔を見て、ふしぎそうにたずねる。

「えーと、桐生さん？　は、チアダンス部を作りたいと……？」

「はい！　校内で練習する許可をいただけますか？　あと、よかったら、**部室も！**」

ついでの要求がでかい！

「でもたしか、うちにはもう、チアリーダー部が──」

「大会に出られるようにがんばって、ＪＥＴＳに勝って、アメリカに行きたいんです！　全米大会で優勝します！」

「……話聞け。あと、その自信は、どこからくるんや」

思わずあたしがぼそっと小声でつっこんだとき、校長先生が、あたしのほうを向いた。

「あなた……藤谷さん？　あなたも、ＪＥＴＳに勝ってアメリカに行くつもり？」

「えっ⁉　いや、あたしはただ――」

まきこまれただけです、と言いかけたのを、横から汐里がさえぎった。

「**もちろんです！　ふたりで、『めざせ、全米制覇！』です！**」

ちょっ⁉　あたし、そんなことひとことも……！

「……そう」

校長先生もなっとくせんって！

おだやかな顔であたしと汐里を見つめる校長先生の横で、桜沢教頭先生――つまり、イインチョウこと麻子のお父さんが、あきれたように「無理無理」と笑った。

「予算もないし、人手不足でこまってるっていうのに、あり得ません。きみたちだけなら、せいぜい同好会で十分だ」

バカにしたように言う教頭先生に、汐里が眉をひそめた。たぶん、「この教頭、イインチョウにそっくりなイヤミな顔を」とか思ってるんやの。

でも、汐里は教頭先生に、どんと胸をはって宣言する。

「部員なら、もっと見つけます！　とにかく、練習するには、先生方の許可を得ればいいんですよね！　後ほど、申請を出しますから！　行こう、わかば！」

言うなり、汐里があたしの手をとって、「失礼しました！」と校長室をとびだしていく。

部屋を出る直前、半分だけふりかえって頭を下げたあたしに、校長先生が小さくほほえみかけた。

校長室を出た汐里は、それはもう、生き生きとしていた。明るい未来への希望しか抱いてないような、キラキラした顔。まぶしすぎて、目が痛くなりそうなくらい。

「まずは部員募集のチラシを作るところからだね！　わかば、字とか絵とかうまい？」

「いや、やで、あたしは……」

「ま、スピード優先だから、へたでもいっか。とりあえず、何種類か作ってみて――」

「あー、もう！　汐里、待ってってって！」

渡り廊下のまんなかで、あたしはついに汐里の手をふりはらった。

でも汐里は、あたしがイライラしている理由なんて、さっぱりわかっていないらしい。「だって、早くしないと、大会にまにあわないいじゃん」と、とんちんかんなことを言っている。

「**だからぁ、そもそも無理に決まってるが！　ＪＥＴＳに勝つなんて！**」

あたしがそうさけぶと、汐里はちょっと不機嫌な顔になって、小さく首をかしげる。

「なんでやる前から、無理無理って言うかな？」

「……現実やでの、それが。がんばったらなんでもかなうなんて、そんなの、うそや。ＪＥＴＳに勝てるわけないし、アメリカにも行けない」

チアダンスと聞いてあたしが思いだすのは、うらやましく見あげた景色ばかり。

となりで拍手をあびるお姉ちゃんの、まぶしい横顔。福井中央高校に受かった子たちが、飛びはねてよろこぶ姿。全米の舞台でかがやくＪＥＴＳの、最高のパフォーマンス。

どれもこれも、あたしが、手に入れられなかったものばかり。

でも、汐里はくすっと鼻で笑って言った。

「**まるで、自分はずっとがんばってたみたいな言い方だね**」

バカにするような言葉に、思わずカチンときた。

「はぁ!?　あたしはがんばったよ！　バレエもダンスも習って……！　勉強も！　……いちおう、がんばったし」

「いちおう？」

「ほや！　バカはバカなりにがんばった！　でも、受験には落ちた！　これが現実やろ！」

あたしはもう、どうがんばってもJETSには入れない。お姉ちゃんが立った、あの全米の舞台に立つことはできない。

あたしの夢は、もう消えてもた――。

「で？　その先は？」

汐里にあっさりそう言われて、あたしは思わず「え？」とまばたきをする。汐里は、言葉につまるあたしに向かって、あたりまえみたいにつづけた。

「チアダンスは、JETSでしかできないもんなの？　本当に好きだったら、なんでここでつづけなかったの？」

「それは……」

汐里の言葉が、あたしの胸に深くつき刺さった。とっさにこたえが浮かばなくて、口ごもる。

「結局、その程度だったってことだよね。あんたの本気なんて――」

その瞬間、あたしの頭がカッと熱くなって、気づいたら大声でさけんでいた。

「なんでっ……！　なんであんたに、そんなことまで言われなあかんのっ……!?」

勝手にこっちをまきこんで、勝手なことばっかり。汐里にも、お姉ちゃんにも、あたしの気持ちなんて、わかるはずない。

本気じゃなかったから、じゃない。本気だったからだ。

心の底からあこがれた夢だった。JETSに入って、あの場所でおどること。お姉ちゃんみたいに、夢をかなえること。

それが、本当に大事な夢だったから、だからあたしは——。

あたしが今までとはちがういきおいで怒ったからか、汐里は、ほんの一瞬、とまどった表情を浮かべた。でも、すぐにきりっとした顔にもどって、きっぱりと言いきる。

「あたしは、勝ちたいから。それが、あたしの夢だから」

夢。また、それや。「かなえられる人」の言葉。

「……だったら、ひとりでやって」

「そうする。負け犬の無理無理マンといっしょじゃ、運気下がりそうだしね」

「こっちこそ！　もう知らん！　じゃあの！」

あたしが吐きすてるようにそう言うと、汐里はちょっとバツが悪そうな顔になる。

でも、あたしはぷいっと汐里から顔をそむけて、さっさとその場を立ち去った。いつもなら、めげずにせまってくる汐里のかろやかな足音も、さすがにもう聞こえてこなかった。

4 ひかり先生、タロウ先生

——本当に好きだったら、なんでここでつづけなかったの？

帰り道を歩きながら、あたしは、昼間、汐里に言われた言葉を頭のなかでくりかえしていた。

腹は立ったし、カッとなって言いかえしたけど、汐里の言ったことは、まちがってはいない。

大好きだったはずのチアダンスをあきらめたのは、ほかでもない、あたし自身だ。

こたえが出ないまま、とぼとぼと歩いていたら——家の前に、なんか、いっぱい人がいた。

……えっ？　あたし、自分の家、まちがえた？　いや、いくらアホでも、さすがにそれは。

でも、よく見ると、あつまっているのは、見おぼえのあるジャージを着た女子高生たち。ジャージの胸元には『ＪＥＴＳ』の文字が光ってる。

それで気づいた。この子たち、みんな、お姉ちゃんの後輩や。

「あおい先輩。あたしたち、先輩がときどき練習見にきてくれるの、楽しみにしてました」

キャプテンらしき先頭の子が、お姉ちゃんに真剣な顔でそう言う。玄関先で、お姉ちゃんもにっこり笑ってこたえる。

「ありがとう、月子。東京行っても、そう言ってもらえるよう、がんばらんとのぅ」

お姉ちゃんに向かって、ＪＥＴＳのみんなが、気をつけの姿勢から、深々と頭を下げた。

「あおい先輩、今までありがとうございました！」

あたしは、家のなかに入ることもできずに、そんな光景を、一歩はなれたところから見てた。

すてきな光景のはずなのに、胸のまんなかが、細い針でつつかれたみたいに痛む。

すると、あたしの肩に、ぽんと手がおかれた。ふりむいた先にいたのは、きれいな女の人。

「あおいの妹さんやね？　ＪＥＴＳの顧問の、**友永ひかり**です。ごめんね、こんな大勢でおじゃまして。部員の子らが、どうしてもあおい先輩におわかれが言いたいって」

「い、いえ、姉もよろこんでると……」

あれ？　この人、どっかで見たことある。

友永ひかり……って……。そうや。八歳のとき、公民館で見たあの映像の！

「**ＪＥＴＳの、元センター……!?**」

あたしが思わずつぶやくと、友永先生は照れくさそうにほほえんだ。

「妹さんも、お姉さんのこと、応援してあげてね」

「え？」

「ほんとはあの子、自信なくてドキドキしてるんや。大会のときもそうやった。でも、ダンスがはじまったら、いつもだれより楽しそうにおどってた。ねんざしてたときでも」

ぽかんとしているあたしに、友永先生はにこっと笑いかける。見る人を元気にするような、自然で明るい笑顔。大人になっても、JETSでおどっていたころとかわってない。

そして友永先生は、JETSの子たちに呼びかけた。

「ほしたら、みんな、帰るよ！」

「はい！」

返事をしたJETSの子たちが、お姉ちゃんにていねいに頭を下げて、「失礼します！」と去っていく。

最後に、その場にのこった友永先生が、お姉ちゃんに向きなおる。

「あおい、東京はたいへんだよ。ダンスがうまい人なんて、大勢いる。そんなかで、のこっていけるのは、ごくわずかや」

友永先生に真剣な顔で言われて、お姉ちゃんが緊張した顔で、ごくりと唾を飲みこむ。でも、
友永先生は、くすりと笑ってつけくわえた。

「でも……**『できっこないをやらなくちゃ』**やもんね。あんたならできる。自分を信じて」

その言葉に、ほほえみながら「はい！」とうなずいたお姉ちゃんの横顔は、やっぱり、胸が苦しくなるくらい、まぶしかった。

★ ★ ♪ ★ ★ ★ ♬

友永先生が言った『できっこないをやらなくちゃ』は、お姉ちゃんが好きな曲のタイトル。

JETS時代の、思い出の曲でもあるらしい。

でも、お姉ちゃんの「できっこない」と、あたしの「できっこない」は、ちがう。あたしはどうせ、お姉ちゃんみたいにはなれん。ほれやったら、やったって、意味ないが。

その夜、あたしはそんなことをぐるぐると考えながら、飼い犬のタロウの散歩に出かけた。月明かりと、ぽつぽつならんだ街灯が照らす夜道を、ごきげんなタロウになかば引きずられるように歩く。

近所のホームセンターの前にさしかかったとき、考えごとばっかりしてぼーっとしていたせいで、持っていたリードが、手からするりとすべりおちた。その瞬間、タロウが元気よく走り去っていく。

「あっ、こら、ちょっ……**タロウ!**」

そうさけぶと、「はい?」とすぐそばのベンチから声がした。

声の主は、チェックのシャツにネクタイをしめた、冴えない感じの男の人。ベンチから中途半端に立ちあがって、ぽかんとした顔で、じっとあたしを見つめている。

「えっ?　……な、なんですか?」

「あれ?　今、タロウって……」

「は?」

「へ?」

あたしたちがおたがいに首をかしげたとき、舌を出したタロウが「なんで追ってきてくれないの！」とばかりに、のんきな顔であたしのそばにかけよってきた。

「もー、タロウ！　迷子にならんでよかったぁ！　ぼーっとしてて、ごめんのぅ！」

あたしがタロウを抱きしめてそう言うと、男の人は、「あっ……、そのタロウか……」とつぶやいて、しっぽをふるタロウをなでたあと、はずかしそうにベンチにすわりなおす。

そっか、タロウちがい。この人も、名前がタロウなんやな……って、この人、どっかで見たことあるような。

すると、男の人も、もう一度あたしの顔を見て、「あれ？」とまばたきをした。

「きみ、もしかして、西高の……」

「え？　なんで知って……、あ。いつか、廊下でぶつかった……恐竜の模型の先生？」

あたしがそう言うと、男の人はこくりとうなずいて
「社会科教師の、**漆戸太郎**」と手短に自己紹介をした。

タロウ先生か。なんか、親近感わく名前や。ちょっと
どんくさそうな感じとか、ぽわっとした雰囲気とか、
うちのタロウに似てる気がするし。

「あたし、二年生の藤谷わかばです」

「藤谷……って、校長先生が言ってた、チアダンス部作る子？」

もう先生たちのあいだで、そんなうわさになってるんかし……。

あたしは思わずげんなりして、苦笑いを浮かべる。

「いや、あたしはただまきこまれただけで……。ちゃんとわかってるで……、JETSに勝つとか、全米制覇とか、無理やって」

あたしはそう言いながら、犬のタロウのリードを持ちなおして、タロウ先生の横にすわった。

「姉が、全米制覇したJETSのメンバーやったんで……あたしも入りたいなぁって思ってたこともあったんですけど……。小さいときから、ずうっと、お姉ちゃんには勝てんかったし……。あたしは、お姉ちゃんみたいにはなれん。できっこないで、あたしには」

足下にじゃれついてくるうちのタロウを見ながら、あたしがそう言うと、タロウ先生は、やさしい声でたずねてきた。

「嫌いなんか？　お姉ちゃんのこと」

「まさか！」

頭で考えるよりも先に、返事をしてた。

「たしかに、やさしくて美人で、頭も運動神経もよくて、くらべられるこっちはたまらんって思うけど……、でも……でも、知ってるで」

あたしの記憶のなかにある、高校時代のお姉ちゃんの顔は、笑顔ばっかりじゃない。

大会の前にねんざして、泣きながら足首を冷やす姿。痛みにたえながら、それでも必死に練習している姿。勉強とダンスを両立させるために、練習でつかれた体にむち打って、夜中まで机に向かっている姿。

夢の舞台の裏で、お姉ちゃんがどれだけの努力をつみかさねてきたか、あたしは知ってる。

お姉ちゃんは、かんたんにほしいもんを手に入れてきたんじゃない。全米大会三連覇したときのお姉ちゃんの笑顔がかがやいていたのは、それまでにたくさんの涙を流してきたから。

そう。あたしはそれを、だれよりも知ってる。

お姉ちゃんが、ほしいもんを手に入れてきたのは――がんばって、がんばって、だれよりもがんばってきたからやって。

「……お姉ちゃんがどれだけがんばってたか、あたし、知ってたのに。お姉ちゃんに、意地悪なこと言ってもた」

本当は、自分でもわかってた。ただ、あたしがおいていかれるみたいで、さみしかっただけ。

子どもみたいに、すねてただけ。

タロウ先生は、うつむくあたしを見て、小さく笑う。

「そっか。藤谷さんは、大好きなんやな、お姉ちゃんのこと」

返事のかわりに、あたしは今朝からずっと考えていたことを、タロウ先生にたずねてみた。

「先生は、できっこないことをやるって……意味あると思う？」

するとタロウ先生は、ひざの上の手を組んで、じっと考えこむ。そして、どこか遠いところを見つめながら、ぽつりとつぶやいた。

「……どうかな。無理にがんばっても、苦しむだけかも」

それは、ちょっと意外なこたえだった。学校の先生はみんな、汐里みたいに「がんばればできる！」って言うのがふつうだと思ってたから。でも、タロウ先生の言うとおり。

「やっぱり、先生もそう思うやろ。やで、あたしは考えたんや。バカはバカなりに、考えた。無理はしない。みんなと楽しく、やれることだけやってればいいって」

あたしがそう言うと、先生はあたしの顔を見て、少しまよいながらつけたした。

「……でも、ほんとにやりたいこと、やれてるときが、いちばん楽しいかも」

「やりたいこと……？」

「うん。藤谷さんが、いちばん、楽しいと思えること」

そう言われて、まっ先に思い浮かんだのは、小さいころ、お姉ちゃんといっしょに、はじめて家族の前でおどった日のことだった。

ぜんぜん、ちゃんとしたダンスになってなかったけど。みんなが拍手を送っていたのは、上手なお姉ちゃんばっかりで、くやしかったけど。

それでも、曲に合わせて、お姉ちゃんといっしょにおどることが、ただただ楽しかった。

汐里が言う「打倒ＪＥＴＳ」とか「全米制覇」とかは、はっきりイメージできない。でも、汐里に出会ったときから、あたしの頭のなかは、チアダンスのことでいっぱいだ。

……あぁ、そっか。あたし、チアダンスをやりたいんや。やりたかったんや、あの日から、ずっと、ずっと。

だまったままあたしの横顔を見つめていたタロウ先生は、ふっとほほえんだ。

「なにか、思いついたみたいやの？」

「……ほやのぅ。つまり、あたってくじけろ、やの？」

「くだけろ、な」

「う……、ちょ、ちょっとまちがえただけです！」

あたしがそう言ったとき、ホームセンターの入り口に、「タロさん！」と手をふる影が見えた。先生が小さく手をあげて、ベンチから立ちあがる。どうやら、買い物を終えた先生の奥さんと子どもらしい。

「よし。あたしたちも、そろそろ行こっか、タロウ！　……あ、い、犬のほうのタロウですよ！」

あたしがあわてて弁解すると、先生は「わかってるよ」とおかしそうに笑った。

たよりになるような、そうでもないような。なんか、ふしぎな先生や。

「先生、失礼します！」

最後だけちゃんとしたあいさつをして、ぺこりと頭を下げたあたしは、犬のタロウといっしょにかけだした。夜風を切って、ホームセンターから家までの道のりを走っていると、今までのもやもやした気分もふきとんでいく。

明日の朝、学校で汐里に会ったら、つたえよう。

本当に好きなら、やればいい。今いる、この場所で。汐里の言ったとおり、本当は、すごくかんたんなことやった。**やれるかどうかじゃない。やりたいかどうかや。**

だから――いっしょにやろう、チアダンス！

部員候補はかわり者だらけ

『チア☆ダンやろっさ！　JETSに勝って、めざせ、全米制覇！』

『チアダンス部、入部希望者募集中！』

そんなチラシが、校内の掲示板にずらりとならぶ。チラシを貼りだしているのは、もちろん、汐里と——あたし。

急ぎで作ったものだけど、そえられたイラストは、絵のうまいクラスメイトの有紀にたのんだし、なるべく目立つようにカラフルに作ったから、とりあえず、目にはとまる。

あたしと汐里は、手分けして、どんどん廊下や校内の掲示板にチラシを貼っていく。

「にしても、今朝はおどろいたなぁ。まさか、わかばのほうから、チアダンスやろうって言ってくれるなんて」

職員室前の廊下にチラシを貼りながら、汐里がうれしそうに笑う。

そう、あたしは今朝、校門の前で汐里を待ちぶせして、「やろう、チアダンス」と声をかけた。

最初は汐里もおどろいていたけど、最後はとてもうれしそうにうなずいてくれた。

「あんなにさそってもダメだったのに、どういう風のふきまわし？」

「いや、ちょっとのぅ……。一言では説明できん、いろんなことがあって……」

きっかけはともかく、チアダンスをやるなら、ふたりってわけにはいかない。チアダンス部として活動をはじめるには、メンバーあつめが最優先。

そういうわけで、あたしたちは休み時間にせっせとチラシを作って、学校のあちこちに貼りだしている――のだけど。

「ここは、貼り紙禁止！」

あたしと汐里が貼ったチラシが、貼ったそばからはがされていく。「ああっ！」という汐里の声を無視して、ようしゃなくチラシをはがしていくのは、イインチョウこと麻子。

「規則は守ってや。これは没収」

麻子はそのままチラシを取りあげてしまった。……うぅ、せめて返してくれてもいいが。

「それと、うちの学校では、部活として認められるには、最低でも部員が八人は必要って、生徒会規則にあるでの。でも、全米制覇をめざすなんてバカが、うちの学校に八人もいるんかなぁ？」

チラシの文字を見て笑った麻子は、それをきれいに折りたたんで、自分のポケットにしまった。

そこらへんに捨てたりせんあたりが、さすがイインチョウ。

「うー……あのイインチョウ、やっぱり感じ悪い！」

汐里は、去っていく麻子の背中を思いっきりにらみつけたあと、急にあまえるような顔になって、あたしにすがりついてくる。

「やっぱり、チラシ貼ったり配ったりするだけじゃダメだよ、わかばぁ！　だれかいない？　うちの学校で、ダンスできる子！」

「そんなこと言われてものぅ……」

あたしが知ってる、うちの学年でダンスができそうな子っていったら——。

★ ★ ♪ ★ ★ ★ ♬

ダンスができそうな同級生、ということで、あたしの頭に浮かんだメンバーは四人。休み時間、あたしたちはチラシを手に、それぞれのクラスを回ることにした。

一人目。二年D組、**橘穂香**。いいところのお嬢様で、子どものころからバレエをやってたって、うわさで聞いたことがある。

「いっしょに、チアダンスやろっさ！」

あたしと汐里は、休み時間にD組まで行って、笑顔でチラシをさしだした。でも、穂香の反応はいまいち。リボンの髪かざりがついた髪をいじりながら、「うーん……」と考えこんでいる。

「もうバレエもやめたしのぅ……。受験勉強に専念しようかと……」

「そこをなんとか！」

二人目。二年C組、**蓮見琴**。彼女は、絶対におどりはうまいはず。……あくまで、「おどり」っていう広いくくりやったら、やけど。

「同じクラスだけど、無口でおとなしい感じだから、ダンス経験者なんて知らなかった！　何系のおどり？」

「……日舞系。お父さんが、日舞の家元やって」

あたしがこたえると、さっきまでごきげんだった汐里が、「日舞……!?」と顔をひきつらせる。

ジャンルはだいぶちがうけど、おどりはおどりやろ。

教室をのぞいてみると、琴は、背筋をピンとのばして席にすわっていた。きれいに切りそろえられたおかっぱの黒髪と、おちついたオーラ。まるで、制服を着た日本人形。

「もしよかったら、いっしょにチアダンスやらんか？」

おそるおそる声をかけてみたけど、琴はチラシを受け取って、だまったまま、小さく首をかしげただけ。……ほんとに人形かし。なにを考えてるんか、よくわからん。

三人目。二年A組、**栗原渚**。ダンスができるかはわからないけど、体力と脚力はピカイチのはず。なんせ渚は、陸上部の短距離走者だ。

「わかばの友だちなら、期待できるね！」

そんな汐里の言葉に、あたしが苦笑いを浮かべたとき、グラウンドのほうから、渚がこっちにかけよってきた。くくった長い髪の毛をゆらしながら、猛スピードで。

「よかったら、あたしたちといっしょにチアダンスを――」

でも渚は、さしだしたチラシをろくに見もせずに、がしっとあたしの手をとった。

「そんなことより、わかば、陸上部入ってや！　わかばの走りならイケるって！」

逆に勧誘されてどうするんやって！

と、まぁそんなこんなで、あてにしていた三人のところをあっさり回りおえてしまった。

「わーかーばー！　みんな、微妙な反応じゃん！　来てくれなかったらどうすんの!?」

「そんなん、あたしに言われても……」

「もういいよ、つぎ！　最後の四人目は!?　どこのクラス!?」

「それが、最後のひとりは……学校には来てないんや」


四人目。二年D組、**柴田茉希**。最近、学校にはほとんど来てない。

でも、夜にひとりで、大通りのショッピングモールのそばでおどってるのを、何度か見かけたことがある。閉店後のまっ暗なお店の前、ショーウィンドウのガラスを鏡のかわりにして。

彼女が同学年の生徒で不登校だって知ったのは、学校で悪口みたいなうわさを耳にしたからだけど——ちらっと見かけたダンスは、まちがいなくうまかった。

放課後、少しおそめの時間に汐里と待ちあわせて、ショッピングモールのそばまで行ってみると、やっぱり茉希はひとりでおどってた。

スマホとつながった小型のスピーカーから流れているのは、男性ボーカルのかっこいいKポップ。茉希は曲に合わせて、キレのあるヒップホップをおどっていた。

これだけおどれるなら、基礎はばっちり。即戦力まちがいなしや。

あたしは汐里と顔を見あわせて、うなずきあう。そして、クールな顔でおどっている茉希に近づいて、そっと声をかけた。

「あの、あたしたち、あなたと同じ西高で、チアダンス部の部員あつめてるんやけど……、よかったら、いっしょにチアダンスやろっさ！」

でも、茉希はあたしがさしだしたチラシを受け取りもせずに、ぷいっと顔をそむけた。そして、さっさと音楽を止めて、スピーカーをカバンにしまう。

「あ、あの……」

「——どけや」

茉希は冷たい声で吐きすてて、そのまま去っていく。

とてもじゃないけど、仲間になりましょう、って雰囲気じゃない。

あたしと汐里は、顔を見あわせて、がっくりと肩を落とした。

★ ★ ♪ ★ ★ ★ ♬

それでもいちおう、勧誘の成果はあった。数日後の放課後、穂香、琴、渚の三人が、おどれる服に着がえて、中庭にあつまってくれたのだ。茉希は、そもそも学校にも来てないみたいだけど。

「みんな、ありがとう！　いっしょにがんばろうの！」

あたしが満面の笑みを浮かべてそう言うと、みんなが気まずそうに顔をふせる。

「まだやるって決めたわけじゃないけど……」

「……わたしも」

「あたしも、陸上部あるし」

……若干の温度差は感じるけど、まぁ、来てくれただけでもありがたい。

それから、もうひとり。見おぼえのない女の子が、あたしたちに向かってぺこりと頭を下げた。

「あの……、**榎木……妙子**です。よろしく……」

「榎木……え？　だれ？」

微妙に失礼なことを言う汐里を、ひじでつつく。

とはいえ、妙子は、あたしたちが勧誘したわけじゃない。メガネをかけているし、服は学校指定のジャージだし、すらっとした渚とならぶと、ちょっとぽっちゃりして見える。正直、あんまりダンスと縁がありそうな感じじゃない。

汐里は、すっかり緊張して小さくなっている妙子をじろじろと見ながらたずねる。

「榎木さん、ダンスの経験は？」

「……ぜんぜん」

「ダンスじゃなくても、運動の経験は？　どこの部活？」

「き、帰宅部です。お店の手伝いあるし……、家は中華屋で……」

「あ、エノキ食堂！　知ってる！　学校の近くやろ!?」

渚がうれしそうに言うと、妙子がはにかむ。

でも、そんな初心者の子が、なんでいきなりチアダンスをやろうなんて思ったんやろ？

あたしたちがふしぎそうな顔をしていたからか、妙子は、ポケットからチラシを取りだして、小さな声で言った。

「あの……ダイエットにも効くって、書いてあったで……」

そんな理由かし！　汐里が自信満々に「こう書いといたら、だれかつられて来るって！」なんて言ってたけど、ほんとに効果あるとは思わんかった！

「ま、まぁ、一人でも多いほうがいいがのぅ！」

思いがけず四人も部員候補があつまってくれたのはいいけど、ひとつ、あたしには心配なことがある。

みんながストレッチをしているあいだに、あたしはぐいっと汐里の腕を引っぱって、そっと耳打ちした。

「汐里。やさしく指導するんやよ？　みんな、チアダンス初心者なんやで。わかってる？」

また前みたいにきびしいことばっかり言って、みんなに「やめる」なんて言いだされたら、たまったもんじゃない。

「でもさぁ、わかば」

「でもじゃない！　部員があつまらんかったら、全米制覇なんてできんやろ!?　まずはチアダンスの楽しさを知ってもらわんと！」

「……うー……、はぁい……」

なんかあたし、だんだん、汐里のあつかいがうまくなってきた気がするのぅ。

唇をとがらせる汐里をなだめつつ、あたしはみんなに向かって、笑顔で言った。

「さぁ、記念すべき最初の練習、はじめよっせ！」

結局、その日やったのは、基本的な手の動きと、シンプルなステップの練習だけ。動きもバラバラで、ぎこちなかった。汐里はずっと、「物足りない」って顔をしてた。

それでも、ひさしぶりにふれたチアダンスは、ただ純粋に、楽しかった。夢なんてもう消えてしまったと思ってたけど、チアダンスが好きだって気持ちは、消えてなかった。

それに気づいただけでも、なんだか少し、救われた気分だ。

「ただいまー。おー、タロウー」

ごきげんで家に帰ったあたしは、玄関で出むかえてくれたタロウをわしゃわしゃとなでまわす。

リビングへ移動すると、お姉ちゃんがひとりでソファーにすわっていた。いつもなら「おかえり、わかば」と笑顔で言ってくれるのに、お姉ちゃんは思いつめたような顔をしていて、あたしが帰ってきたことにも気づいてない。

その横顔を見ていたら、JETS顧問の友永先生の言葉を思いだした。

――ほんとはあの子、自信なくてドキドキしてるんや。

お父さんやお母さんは、まだお姉ちゃんのやりたいことを認めたわけじゃない。あれからずっと、家のなかはなんだかぎくしゃくしている。

思えば、あたしがお父さんやお母さんとケンカしたときは、お姉ちゃんがそっとなぐさめてくれたり、家の空気が悪くならないように、うまくあいだを取り持ってくれた。あたしはいつも、お姉ちゃんに助けられてばっかりだった。

……今、あたしがお姉ちゃんのためにできることって、なんやろ。

ちょっと前まで、あれもこれも「できっこない」って思ってたはずのあたしが、気づいたら「できること」をさがしてた。

そして、あたしの頭に、急にあるアイデアが浮かんだ。

これやったら、きっと、お姉ちゃんに——！

あたしは、ふしぎそうな顔をしているタロウに「ちょっと行ってくるでの」と小声でつげて、家をとびだす。行き先は、お姉ちゃんの母校、ＪＥＴＳのある福井中央高校。

見つけた。今、あたしにできること。あたしにしか、できないこと！

6 いっしょにおどってほしい曲

「みんな、お願いがあります！」

放課後、屋上にあつまってラインダンスの練習をしたあとで、あたしはみんなにそう切りだした。

「いっしょにおどってほしい曲があって……みんなの力を借りたいです。おねがいします！」

あたしがそう言って頭を下げると、みんな、ぽかんとした顔になる。

「でも、あたしら、基本もできてない初心者やよ……？　曲に合わせてとか、早くない？」

そう言って、渚が首をかしげる。

「まぁ、それはそうやけど……」

あたしは、すがるように汐里の顔を見て、「どう思う？」と視線でたずねた。すると、汐里は少し考えて、「まぁ、いいんじゃやない？」とうなずいた。

「一曲通しておどったら、チアダンスのほんとの楽しさがわかるかもしれないし。やってみる？」

「ほんとっ!? ありがとう、汐里! おどりたいのは、これなんやけど……」

あたしが振り付けをメモしたノートを見せると、汐里は動きを確認しながら、ぼそっとつぶやく。


「……でも、なんでこの選曲? いや、いい曲だけどさ」

「ちょっと、理由があっての。……それに、あたしも夢やったで、この曲でおどるの」

あたしが小声でそう言うと、汐里はきょとんとした顔で首をかしげた。

理由を説明するかわりに、あたしは汐里の顔をまっすぐ見て、にっと笑う。

「絶対、一曲通して、おどりきろうの!」

みんなに振り付けを教えるのは、もちろん、言いだしっぺのあたし。曲を口ずさみながら、お手本として、みんなの前でゆっくりおどってみせる。

「なんか、こうやって曲に合わせておどってると、チアダンスしてる、って感じやの!」

あたしの動きをまねしながら、妙子がうれしそうに笑う。最初の目的はダイエットだったけど、妙子は無事にチアダンスを好きになってくれたみたいだ。……まぁ、みんなよりワンテンポもツーテンポも動きがおくれてはいるんだけど。

バレエ経験者の穂香は、体もやわらかいし、音楽に合わせるのもなれたもの。

運動神経のいい渚は、ダンス未経験にしては筋がいい。

琴は、体の軸もしっかりしてるし、すぐに上達しそう……だけど、あいかわらず無口で、なにを考えているのかは、よくわからない。

そして汐里は――やっぱり、あたしやみんなとは、明らかにレベルがちがった。

動きもかろやかで、技術も表現力も、けたちがい。曲に合わせていっしょにおどると、レベルの差がよりいっそうきわだつ。汐里なら、JETSでもやっていけたんじゃないかなって思うくらい。

もちろん、動きがそろっているとはお世辞にも言えないし、ダンスの腕もまだまだ。でも、いっしょにおどっていくうちに、会話や笑顔もふえてきて、部員同士の距離も近づいてきた。

うん、なかなかいいスタート。これなら、なんとか形になりそうや。

なんて、あたしはひとりで満足していたのだけど――。

「ダメ！　もうガマンできない！　みんなさぁ、本気でチアダンスやる気あるの!?」

数日後、休日の公園にあつまって練習していたとき、汐里がとつぜんさけんだ。せっかく、休み時間や放課後に練習をかさねて、とちゅうで止まらずにおどれるようになってきたのに。

「ちょっ、汐里……」

あわてて汐里を止めようとしたけど、時すでにおそし。

汐里は、みんなに向かって、ビシバシと人さし指をつきつけていく。

「穂香！　バレエやってたんでしょ⁉　なら、もうちょっとうまくターンできない？　渚は動きが雑すぎ！　っていうか、体かたすぎ！　琴は、もうちょっと笑って！　日舞じゃないんだから、無表情でおどんないでよ！　怖いし！　それから妙子！　いろいろ論外！」

言いたいことをぜんぶぶちまけた汐里は、ふーっと長い息をつく。

汐里の言葉で、さっきまで楽しくおどっていたみんなから、一気に笑顔が消えた。

穂香や渚は明らかに不機嫌だし、琴はだまりこんでいるし、妙子にいたっては、今にも泣きだしそう。

これはまずい。この空気はダメや……。

「ま、まぁまぁ、汐里、そのへんで――」

なんとかうまいフォローをしようとしたけど、これまでのイライラを爆発させた汐里は、もうあたしの言葉なんか、ちっとも聞いていない。

「みんな、チアダンスなめてない？　こんなんで大会に出られると思う？　無理だよ！　あのね、チアダンスの大会っていうのは――」

「もういい」

汐里の言葉をさえぎって、冷たい声でそう言ったのは、穂香。

「そもそもこっちは、たのまれたからやってただけや。そんなこと言われてまで、チアダンスなんかやりたくないし。帰るわ」

穂香は吐きすてるように言って、あたしと汐里に背中を向ける。すると、それにつられたように、渚まであたしたちに背中を向けた。

「ちょっ……、穂香、渚ぁ！」

でも、あたしがつかみかけた渚の手は、するりとはなれてしまった。

「わかば、ごめんの。でも、あたしももう無理や」

「そ、そんなこと言わんと……！　言いすぎたのはあやまるで……！」

「わかばにあやまってもらってものぅ。あっちは、あやまる気、ないみたいやし」

穂香にじろりと視線を向けられた汐里は、まだ不機嫌そうな顔をしている。

すると、妙子と琴も、気まずそうにあたしを見て言った。

「わかば、ごめんのぅ……。でも、きっと、足引っぱるだけやで……」

「……わたしも、これ以上は」

「えっ、み、みんな、待ってってぇ！」

あたしは必死に四人に呼びかけたけど、だれも立ちどまってくれなかった。

結局、公園にのこったのは、あたしと汐里だけ。

今度こそうまくいくと思ったのに、やっぱり汐里がガマンできずにこうなってしまった。せっかくメンバーがあつまっても、これでまた最初の状態に逆もどりや。

「あぁぁ、もう！　汐里！　楽しくやれてたのに、なんであんなキツいこと言うの！　みんな、やめてもたが！」

そりゃ、汐里が言ったとおり、技術はまだまだやけど……。いきなり上から目線でいろいろ言われて、やめたくなってしまうみんなの気持ちもよくわかる。

自分でもちょっとは言いすぎたと思っているのか、汐里はバツが悪そうな顔をして、ぽつりとつぶやいた。

「……楽しいだけじゃ、勝てない」

まるで、すねた子どもみたいに、唇をとがらせている。でも、みんなが去っていった公園の入り口のほうに目を向けたあと、汐里は深いため息をついて、いきなり、投げやりな口調で言った。

「あぁぁ……。やっぱり、無理なのかなぁ……。あたしたちも、もう帰ろっか」

「帰る……？」

「だって、どうせこんなんじゃ――」

すっかりあきらめて、歩きだそうとする汐里。でも、あたしは、その腕をがしっとつかんだ。

たしかに、メンバーもいなくなってもたし、あたしと汐里だけでチアダンスなんて、無茶な話や。でも、ここでやめるわけにはいかん。

「**おどってや。約束やろ？　一曲、最後までおどるって**」

「わかば……？」

たとえ、チアダンス部の設立はかなわなくても。大会には出られなくても。汐里とふたりだけだとしても。

あたしは、あたしだけは。この曲だけは――。

「**おどってや。いっしょに**」

あたしが今までとはちがう真剣な顔で言うと、汐里は少しとまどいながら、あいまいにうなずいた。

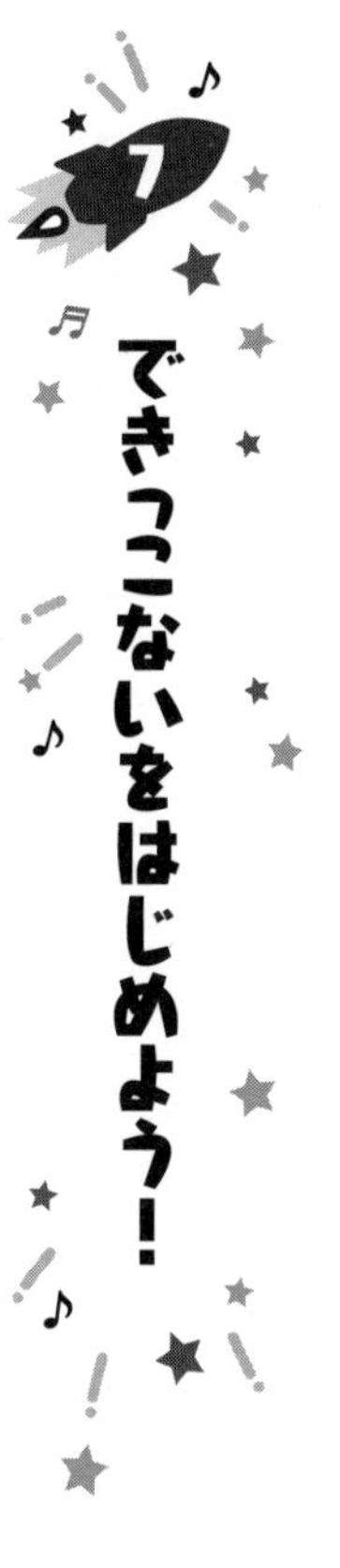

7　できっこないをはじめよう！

早朝、お母さんたちもまだ寝てる時間に、あたしはベッドの上でむくりと起きあがって、部屋のカーテンをあけた。外は快晴で、ちょっとくやしいくらいの旅立ち日和。

今日、お姉ちゃんは家を出ていく――。

あたしが制服に着がえて、そっとお姉ちゃんの部屋をのぞくと、お姉ちゃんはもう出発の準備をほとんど終えていた。電車の時間まで、まだだいぶあるのに。

「お姉ちゃん……、もう行くんか？　お母さんらにも会わんと？」

「うん。泣かれたらこまるで、早めに出て、どっかで朝ごはんでも食べて時間つぶすわ。見送りはいいで。わかばは、お母さんらとごはん食べて、いつも通りにの」

そう言って、お姉ちゃんはキャリーケースをばたんと閉じる。

ずいぶんとものがへった、お姉ちゃんの部屋。「本当にお姉ちゃんはこの家からいなくなるんやぁ」と、あらためて感じて、胸がぎゅっと痛くなる。

「じゃあ、わかば。お母さんらに、よろしくの」

玄関先でそう言ったお姉ちゃんは、笑顔だった。重たそうなキャリーケースを引っぱる足取りも、しっかりしている。でも、その裏には、どれくらいの不安をかかえてるんだろう。

お姉ちゃんが家を出て行ってすぐ、お父さんがリビングにやってきた。

「おはよう、わかば。……あおいは？」

「もう行った」

「……ほうか」

かわした言葉はそれだけ。そのあとリビングにやってきたお母さんも、さみしそうに玄関のほうを見ただけで、なにも言わなかった。

朝ごはんを食べてるあいだも、だれもしゃべらない。

でも、あたしは気づいてた。お父さんとお母さんが、空いたお姉ちゃんの席を、ちらちらと見ていること。そして、いつもより時計を気にしてること。考えているのは、きっと、お姉ちゃんが乗る電車の時間。

そのとき、そばにおいていたあたしのスマホが、ヴヴッとふるえた。画面に表示されているのは、汐里からの「準備完了」のメッセージ。

あたしはお茶碗にのこっていたごはんを一気にかっこむと、いきおいよく立ちあがった。

「ごちそうさま！　あたし、ちょっと行ってくる」

「え？　行くって、こんな時間にどこに……？」

ふしぎそうな顔をするお父さんとお母さんに、あたしは笑顔でつげる。

「あたしは……精一杯、お姉ちゃんを見送ってくるで！」

福井駅前につくと、まず目にとびこんでくるのは、高さ六メートルほどの、でっかい恐竜のモニュメント。そのすぐそば、西口の前の広場で、あたしは汐里と落ちあった。

「いちおう、昨日、ほかのみんなにも時間と場所は送っといたけど……、まぁ、ふたりだよね」

そう言いながら、小型のスピーカーをセットする汐里に、あたしは小さく頭を下げる。

「汐里、ごめんのぅ。こんな朝早くからつきあわせてもて」

「べつにいいって。人前でおどれるチャンスだし。それに、あたしも、元ＪＥＴＳのセンターっていうわかばのお姉ちゃんに、会ってみたかったしね」

汐里がいたずらっぽい笑顔でそう言って、あたしにポンポンを手わたしたとき、カラカラとキャリーケースを引く音が聞こえた。あたしの予想したとおり、電車の時間より早めに、お姉ちゃんは駅前にやってきた。

お姉ちゃんは、キャリーケースを手に、不安げな顔で駅を見あげている。

「お姉ちゃん！」

あたしが大声で呼びかけると、こっちに気づいたお姉ちゃんが、目を丸くする。

「わかば……？　見送りはいいって……」

「いいで！　お姉ちゃんに、見てほしいもんがあるんや！」

おどろくお姉ちゃんの前で、あたしと汐里は、顔を見あわせてうなずいた。汐里がスピーカーのスイッチをおす。うしろ手にかくしていたポンポンを前に出して、すぅっと息を吸いこむ。

流れだしたイントロを聞いて、お姉ちゃんの表情がかわった。

「これって……」

そう。流れだした曲は、サンボマスターの『できっこないをやらなくちゃ』。

朝の澄んだ空の下に広がっていく、力強い音。あたしと汐里は、持っていたポンポンを高くかかげて、おどりだした。

『どんなに打ちのめされたって　悲しみに心をまかせちゃだめだよ　君は今逃げたいっていうけ

ど　それが本音なのかい？　僕にはそうは思えないよ』

左右にステップをふみながら、頭の上で両手のポンポンを合わせる。

ハイＶ、ローＶ。ライトＬ、レフトＬ。

ぜんぶ、ぎこちない動き。たったふたりなのに、タイミングもズレている。技術も練習も、ぜんぜん足りてない。

それでもあたしは、流れている音楽に体と心をのせて、精一杯の笑顔でおどった。

『何も実らなかったなんて悲しい言葉だよ　心を少しでも不安にさせちゃだめさ　灯りをともそう』

あの日――お姉ちゃんのためになにができるか、考えたとき、あたしは、福井中央高校、ＪＥＴＳの友永先生のところに行った。

お姉ちゃんが大好きな曲。ＪＥＴＳも大切にしてるこの曲でおどるダンスを、教えてほしくて。

――親が反対しても。福井じゅうが反対しても。あたしは、お姉ちゃんの味方やって。お姉ちゃんに、つたえたいんです。

学校の前で先生を待ちぶせしたあたしが、頭を下げて必死にそうおねがいすると、友永先生は、ふっとやさしくほほえみながら、言ってくれた。

——あなたも、チアの心は完璧やね。

あたしのなかに、本当に「チアの心」が眠っているのかどうかは、まだわからない。でも、だれかを応援するのが、チアダンス。だから、たとえへたくそでも、あたしは今、お姉ちゃんに心からのエールを送りたい。


とどけ。とどけ。とどけ！


福井をとびだして、新しい「できっこない」に挑む、お姉ちゃんの心に！

『あきらめないでどんな時も　君なら出来るんだどんな事も　今世界にひとつだけの強い力をみたよ』

曲がサビに入って、ポンポンを真上にかかげたとき、あたしと汐里の横に、人影がふえた。

動きに合わせてゆれるのは、あたしたちと同じ制服。いつのまにか、おどっているあたしと汐里のそばに、穂香、渚、琴、妙子があつまって、いっしょにおどりだしていた。

とちゅうからだけど、バラバラだけど——六人でおどる、はじめてのチアダンス。

『君ならできない事だって　出来るんだ本当さウソじゃないよ　今世界にひとつだけの強い光をみたよ』

今立っている場所は、全米の舞台どころか、大会の舞台でもない、福井駅前。夢だった場所とは、ほど遠い。

でも――最高の気分だった。

『アイワナビーア君の全て！』

曲が終わったときには、心臓はバクバクしていて、息も切れていた。頭のなかはまっ白だ。

でも、つぎの瞬間、あたしの耳にとどいたのは、パチパチというまばらな拍手。

おどってるときは夢中で、ぜんぜん気づいてなかったけど……あたしたちのまわりに、いつのまにかたくさんの人があつまってた。サラリーマン、学生、親子連れ、道行く人たちが足を止めて、あたしたちを見ている。

そして、そのなかに、見おぼえのある顔を見つけた。

「あれ？　ハル……？」

でも、ハルは、あたしが声をかける前に、すっとその場を立ち去ってしまった。……なんや、せっかく来てくれたなら、声くらいかけてくれたらいいのに。

拍手も鳴りやんで、あつまっていた人もだいぶ散ったとき、お姉ちゃんがあふれる涙をぬぐって、あたしたちに深々と頭を下げた。あたしはポンポンを持ったまま、お姉ちゃんにかけよって、笑顔でつげる。

「お姉ちゃん。あたしも、やってみることにした！」

「え？」

「できっこないを――やってみるでのぅ！」

あたしの言葉に、お姉ちゃんはまた泣きそうな顔になった。でも、小さく息をすって涙をこらえると、いつものやさしい顔で、ふっと笑う。そして、とてもうれしそうに言った。

「のぅ、わかば。泣きたかったり、くやしかったりの先に、夢がある。やりたいことやったほうが、結局は楽しいやろ」

「……ほやね！」

すがすがしい気持ちで、笑顔をかわしあう。

まるで、子どものころにもどったみたいや。

「そろそろ電車が来るで、じゃあ……行くね」

そう言って、お姉ちゃんが大きなキャリーケースを引っぱりながら、駅のなかへ――夢の先へ、一歩ずつ歩いていく。あたしはその大きすぎる背中を、精一杯の笑顔で見送った。

お姉ちゃん。あたしも、がんばるで。この仲間たちと！

あたしはくるりとふりかえって、さっきまでいっしょにおどっていたみんな、穂香、渚、琴、妙子――そして汐里に笑顔を向ける。

「みんな、ありがとう！　やっぱ、チアダンスはふたりではさみしいわ！　のぅ、汐里！」

あたしがそう言うと、汐里も照れたようにうなずく。その顔を見て、穂香たちの表情もやわらいだ。

「おどってみたら、やっぱり楽しいで、もう一回、やってみっか！」

「ほやの。せめて、もうちょっとつづけてみんと」

そうこなくっちゃ！　あたしたちは、六人で顔を見あわせて、だれからともなく笑いあう。

こうして、福井駅前でのはじめての演技から、あたしたち、チアダンス部の、栄光の日々が幕をあけ——。

「**ちょっと。警察のものやけどね**」

……え？

あたしたちにつかつかと歩みよってきたのは、びしっと制服を着こんだ、強面の警察官。警察のおじさんは、あたしたちをじろりとにらみつけて、不機嫌そうな顔で言う。

「駅員さんに、朝から駅前でさわがしい女子高生がいるって、呼ばれてのぅ。あんたたち、こんなところでおどって、許可とってるんか？」

いきなり警察沙汰!?　幸先悪すぎやろ！

「え、えっと……許可は、その……」

あたしたちがあたふたしていると、うしろから、聞きおぼえのある声がした。

「すみません！　すぐに撤収させますので！」

いきなりあたしたちのそばにやってきて、ぺこぺこと頭を下げているのは——。

「タロウ!?」

思わず、飼い犬みたいに呼んでしまった。……っていうか、名字、なんやっけ。うちの犬と同じ名前って印象が強すぎて、思いだせん……。もう、タロウでいいや。

タロウは、ちょっとあせりながら、でもはっきりと言った。

「わ、わたしは、西高校の教師で……、彼女たちの……、チアダンス部の、顧問です！」

それを聞いて、警察のおじさんは「それやったら、ちゃんと指導してくださいね」とあきれ顔で去っていく。

「やれやれ……。大事にならんでよかった……」

タロウはほっとしたように言ったけど、あたしたちは、もう警察のことなんて、どうでもよくなってた。

「タロウ、顧問してくれるんか？」

「……えっ？」

「さっき、言ったが。顧問です、って」

あたしたちがみんなでタロウにつめよると、タロウはすっかりこまり顔になる。そんな顔しても、もうノーなんて言わせない。だって、六人全員、ばっちり聞いてたし。ついさっきまで幸先悪いと思ってたけど、むしろラッキーだったかも。

「やったぁ！　ありがとう、タロウ！」

「こら、先生って呼びなさい。じゃなきゃ、顧問は引き受けられな――」

タロウの言葉をさえぎって、あたしは元気よくさけぶ。

「よーし！　これでチアダンス部、本格始動やぁ！」

こうして、ハの字眉でこまった笑みを浮かべる、ちょっとたよりない顧問も仲間にくわわって

――、今度こそ、あたしたち、西高チアダンス部の挑戦の日々が、幕をあけた。

第2話
西高チアダンス部、ROCKETS!

1　山づみの問題

「顧問が見つかったぁ⁉」

教頭先生のおどろいた声が、職員室じゅうにひびく。

あたし、汐里、穂香、渚、琴、妙子――チアダンス部の六人は、バツが悪そうな顔でかくれようとするタロウを、教頭先生の前におしだして、どんと胸をはる。

「はい！　顧問の、タロウ先生です！　あと、部員ももう六人になっちゃいました！」

「漆戸先生⁉　まさか、引き受けたんですか⁉」

ものすごい剣幕の教頭先生に、タロウが「え、いや……」と首を横にふろうとしたのを、あたしと汐里ですばやくさえぎる。

「はい！　引き受けていただきました！」

「あたしたち、JETSに勝って全米制覇します！」

教頭先生は、しばらく金魚みたいに口をぱくぱくさせたあと、はっとしたように言った。

「待てよ？　チアダンス部って、もうあったやろ？」

「それは、チアリーダー部」

「……なにがちがうんや⁉」

教頭先生は頭をかかえている。

「新しく部を作るなんて……そんな非現実的な！　無理ですよ、無理！」

「なんでですか⁉　まだ八人いないから？」

イインチョウ、麻子が言っていた規則を思いだしながらたずねると、教頭先生はふんと鼻を鳴らして、ピッと人さし指を立てた。……どうでもいいけど、こういうときの顔、何度見ても麻子とそっくりやのぅ。さすが父娘。

「たしかに、人数の問題もある。うちの生徒会規則では、最低八人の部員がいて、新しい部が承認されるというルールがあるからね」

「部員は、これからあつめて……」

「それに、だ。練習場所はどうする？　体育館はバレー部、バスケ部、卓球部、バドミントン部、体操部が交代で使っている。新しい部が入る余地なんてない」

その言葉に、陸上部をかけもちしている渚が、「ほやのぅ」とつぶやいた。

「野球部とかサッカー部とかいるで、陸上部も、練習場所確保するのたいへんやもん。そこへ、さらにチアダンス部が入るのは無理かも……」

ちょっ、渚。どっちの味方やし！　そりゃ、正論やけど……。

あたしたちは一瞬でさっきまでのいきおいをうしなった。

でも、こんなときでもまったく動じないのが、われらがリーダーの汐里。汐里はきりっとした顔で教頭先生を見すえて、自信満々に宣言した。

「わかりました！　**とりあえず、一学期中に部員を八人あつめます！**」

そうそう、一学期中に……、え？　一学期中？

職員室のカレンダーをちらりと見て、あたしは思わずぎょっとする。一学期が終わるまで、あと二週間もないが！

「ちょっ、汐里！　わざわざこっちからそんな無理な期限もうけんでも、もっと気長に――」

「だって、どうせ夏休みに練習できなかったら、秋の予選にはまにあわないし。アメリカにも行けなくなっちゃう」

汐里はあっけらかんと言う。あくまでも、汐里の目標は「打倒ＪＥＴＳ」「全米制覇」だけ。

汐里は本当にぶれない。

先生たちだけじゃなくて、部員のみんなさえも半ばあきれ顔だったけど、汐里はすがすがしい笑顔で、きっぱりと言いきった。

「そういうわけで、西高チアダンス部をよろしくおねがいします！」

「……でも、そのまんま西高チアダンス部じゃあ、ぱっとしないよね」

職員室を出たあと、汐里が腕組みをしながら、急にそんなことを言いだした。

「どういうこと？」

「ＪＥＴＳみたいなチーム名。なにがいいかなー……ＪＥＴＳに勝てるチーム名……」

むずかしい顔して、なにをなやんでるんかと思ったら、そんなことかし！

「それより、あと二人、新しい部員のあてはあるんか？」

「え？　ぜんぜん」

……そうや。そもそも、今の四人を見つけてきたのも、あたしやったっけ。チーム名もなにも、あと二人あつめられなきゃ、チーム成立しないんやって。しかも、一学期中に。

こうなったら、あたしがなんとかするしかない。

さっそく、学年じゅうの知り合いに手あたり次第に声をかけまくったのだけど――。

「……ダメやぁ。話もろくに聞いてもらえん……。どうしたもんかなぁ……」

休み時間、あたしが机につっぷしてうなっていると、となりの席の有紀が、なぐさめるようにぽんと背中をたたいてくれた。そのやさしさに、ちょっとあまえるような口調でたずねてみる。

「のぉ、有紀。チアダンス部入らん？」

でも、有紀は「チアダン？　無理無理」と首を横にふる。

「そこをなんとか！」

「いやぁ。応援はするし、チラシ作りくらいやったら手伝うけどのぅ」

「あぁぁああ！　どっかにいないかなぁ！　チアダンスやりたい人！」

あたしが大声でさけぶと、あたしの席に、イインチョウ、麻子が近づいてきた。あたしのそばに立った麻子は、だまったまま、あたしをじろりと見つめている。

どうしよう、目が「うるさい」って言ってる気がする……。うぅ、なんか気まずい……。

あたしは顔を上げて、ごまかすように、へらっと笑ってみせる。

「よかったら、イインチョウ、入る？　チアダ――」

「知ってる？　ここ十五年で、新しくできた部活はゼロ。逆に、廃部になった部は五つ」

「え……？」

「部活がへることはあっても、ふえることはない。生徒がへってるんやで、とうぜんやの」

さすが、教頭先生の娘が言うと、説得力がある。

休み時間のにぎやかな教室のなか、麻子は自分の席にすわって、静かにノートと教科書をひらいた。

「……今、しっかり勉強しとかんと。人生サボったツケは、大人になってから、必ずくるでの」

そんな麻子のつぶやきを聞いて、あたしはそっとため息をついた。

教頭先生や麻子の言葉は、きっと正しいんだと思う。できっこない夢に挑んでも、あとで後悔するだけかもしれない。

現実は、いつだってきびしい。そんなこと、あたしらはもうみんな知ってる。

それでも——。

「……**だからこそ、おどりたいんや**」

あたしの小さな声は、麻子の耳にとどいたやろか。

★ ★ ♪ ★ ★ ★ ♬

とにかく今は、できることをやるしかない。あたしたちは、六人みんなで、朝の校門前に立って、チラシくばりをはじめた。

「よろしくおねがいしまぁす！」

朝の日差しの下、汐里のよく通る声がひびく。ぎょっとした顔で足を止めた生徒にも、汐里は半ば強引にチラシを手わたしている。……あの持ち前の積極性、ティッシュくばりのバイトとか向いてそうやのぅ。

その横には、声をかけるタイミングをつかめずにおろおろしている妙子と、声が小さすぎて、みんなにスルーされている琴。このふたりは、勧誘には向いてなさそう。

「ほら、そこ！　もっと声出して！　あと、渚と穂香も、そんな眠そうにしてないで、もっとしゃきっとして！」

汐里がみんなにカミナリを落とす。こりゃ、あたしもしっかりやらんと。

「おはようございまぁす！」

汐里ほどじゃないけど、あたしも声は通るほうやし、こういうのはわりととくい。大声と笑顔を武器に、通学する人の波につっこんでいったら、見おぼえのある顔がとおりかかった。

一年生の、芙美とカンナ。みじかい期間だったけど、チアリーダー部のほうでいっしょだった、ちょっと引っこみ思案な、まじめでかわいい後輩たち。

「芙美、カンナ、おはよう！」

「あ……わかば先輩……、おはようございます……」

「チアダンスの大会、出てみたくない？　はい、これ！」

あたしが笑顔でチラシをさしだすと、芙美とカンナは、顔を見あわせて、おずおずとチラシに手をのばす。

そういえば、前に汐里が「大会に出てみたくない？」って言ったとき、芙美は、一瞬、やってみたそうな顔をしてた。ゆるい部活とはいえ、チアリーダー部なんだから、ある程度の基礎はできてるやろうし、きっと興味はあると思うんやけど。

「いっしょにやらん？　チアリーダー部と兼任でもいいし――」

「ちょっと。うちの後輩、勝手に勧誘せんといて」

するどい声に言葉をさえぎられて、思わず顔を上げると、そこに立っていたのは望だった。そばに、さくらと美菜もいる。

「あ、望！　おはよ――」

「もうわかばはうちらとは関係ないで」

望はぴしゃりと言いはなって、あたしからぷいっと顔をそむけた。

「芙美らも、話、聞かんでいいよ」

「えっ、あ……、は、はい……」

望の声で、芙美とカンナは、チラシを受け取りかけていた手も、引っこめてしまった。もうしわけなさそうに頭を下げる芙美とカンナに、あたしは苦笑いで「気にしないで」とつたえる。

校舎のほうにずんずん歩いていく望たちの背中を見ながら、あたしは数日前のことを思いだしていた。

休み時間、望たちがそろってあたしの席までやってきたので、あたしは笑顔で話しかけようとした。ところが、望はあたしの前に仁王立ちすると、ふんと鼻で笑うように言った。

「わかばはもう、チアリーダー部じゃないもんの」

「……え？」

「これ、わすれもん。打倒JETSとかアメリカとか、よう言うのぅ」

そんな言葉といっしょに、チアリーダー部の部室にあったメイク道具やユニフォームが、あたしの机にどさっとおかれた。

あたしがチアダンス部に入ってから、望たちは一気にそっけなくなった。どうやら、汐里たちと夢を追いかけているあたしは、これまでゆるく楽しくやってきたチアリーダー部のみんなにとって、裏切り者らしい。もうチアリーダー部に、あたしの居場所はなくなってしまった。

スマホにのこった「チアリーダー部のLINEグループから退会させられました」という通知を見て、あたしは深くため息をついた。

2 孤独なヒップホップ

「やっぱさぁ、おどってるとこ見てもらうのがいちばんだと思うんだ。勧誘には」

練習後、空き教室で着がえながら、汐里がそんなことを言いだした。朝のチラシくばりの努力もむなしく、だれも練習を見学にこなかったので、方向性をかえるつもりらしい。

たしかに、あたしがチアダンスに魅せられたきっかけも、映像でとはいえ、実際のＪＥＴＳの演技を見たことだった。いくらチアダンスの魅力を言葉で説明されても、実際の動きを目の当たりにしたあのときの衝撃には、勝てないと思う。

「……じゃあ、学校でおどるかぁ？」

あたしがなにげなくそう言うと、着がえていたみんなの手が止まる。

「え？　みんなの前で？　無理や、無理」

「やめようよ。今でも十分、冷たい目で見られてるのに」

「ほやの。あたしも、陸上部の友だちの視線が痛いわ」

「……やはり、目立つことは、さけたほうが」

口々にそう言って、妙子、穂香、渚、琴、四人全員が首を横にふる。

もちろん、そんな消極的なようすのみんなに、汐里はたいそうご立腹。

「ちょっとぉ！　そんなこと言ってたら、大会なんか出られないじゃん！」

まぁ、汐里の言うとおりなんだけど……。

でも、学校という場所でおどるのは、やっぱり怖い。これからも顔を合わせる相手の前だからこそ、よけいに不安になる。

自分で言いだしておいてなんだけど、みんなの気持ちは、あたしにもわかる。汐里みたいに、ダンスの技術に自信があるわけでもないし。

「っていうか、そもそも、教頭先生に怒られて終わりやろなぁ。許可もおりないやろうし」

おどれる場所を確保して、お客さんをあつめて、曲をかけて……、なんて、自分たちだけで勝手にやるのはむずかしい。もし許可をとらずに勝手にやったところで、とちゅうで止められて、お説教されるだけに決まってる。

「あ、そうだ！　じゃあ、タロウにたのむのは？」

汐里がぱっと顔をかがやかせて言ったけど、すぐに渚が「無理やろ」と鼻で笑う。

「そもそも、タロウもダンスは素人やし。顧問にはなってくれたけど、チアダンスにそこまで興味もなさそうや」

すると汐里がびしっと親指を立てて、ふふんと胸をはった。

「それなら、タロウの机の上に、チアダンスの資料、おいてきたから大丈夫。とりあえず、JETSの映像はぜんぶ見といてもらわないとね」

「……汐里、仕事早すぎ」

そんな話をしていたとき、急に教室の扉がそろそろとひらいた。扉のむこうからひょこっと顔を出したのは——まさに今、話に出ていたタロウだった。

「のぅ、顧問の件やけど——」

「うわぁあ!? まだ着がえ中やよ! のぞきやぁあ!」

「セクハラや、タロウ!」

「す、すす、すまん!」

キャーキャーさわぐみんなに責められて、タロウはあわてて扉を閉める。……うーん。こりゃ、あんまりたよりになりそうにないのぅ。

さて、校内での活動も大事だけど、あたしたちにはもうひとつ、あきらめきれないことがある。

二年D組、柴田茉希の勧誘。

茉希は、夜な夜なひとりでおどっている、不登校の生徒。前に会いに行ったときは、あっさりことわられてしまったけど、あのダンスの技術を放っておくのはもったいない。

あたしと汐里は、もう一度、茉希に声をかけるため、夜の大通りをめざして歩いていた。

「そういえば、部員あつめも大事だけど、部室もなんとかしなきゃね。ずっと中庭とか公園使うわけにもいかないし」

「ほやのぅ。ちょっとくらい汚れててもいいよ。今は使われてない部室とか、一ヶ所くらいないんかなぁ」

そんな話をしながら、近所の公園の前をとおりかかったとき、ヒュッと風を切るような音がした。なにげなく公園のほうを見ると、街灯の下でひとり、幼なじみの椿山春馬――ハルが、的の描かれたコンクリートの壁に向かってボールを投げている。

その横顔を見て、ふと、福井駅前でお姉ちゃんを見送った日のことを思いだす。あのとき、あつまっていた人のなかに、一瞬だけ、ハルの姿が見えた。あの日、ハルはきっと、あたしたちのダンスを、見てくれてた。

「……汐里、ごめん。ちょっと待ってて」

「えっ？　ちょっ、わかば？」

ハルが投げたボールは、まっすぐに飛んで、的のどまんなかにあたった。パァンと跳ねかえると、転々と跳ねて、またハルのグローブにきれいにおさまる。

「ストライク！　やの！　なんや、投げられるが」

あたしがにっと笑ってそう言うと、顔を上げたハルは、おどろいたようにこっちを見る。でも、すぐにふいっと視線をそらしてしまった。

「……バッターいないし」

「んー……。ほしたら、あたしがバッターやってあげる」

あたしは架空の打席に立って、バットをかまえるまねをする。

小さいころはときどき、紙を丸めたボールとか、おもちゃのバットで、こうやってハルと野球のまねごとをして遊んだっけ。もう、ずーっと昔の話やけど。

「ほら！　投げてみ？」

あたしが見えないバットをぶんぶんふりまわすと、ハルがグローブのなかでボールをにぎって、投球フォームに入る。

でも、いつまでたってもボールは飛んでこない。

「ハル……？」

やがて、ハルの手から、ボールがぽとりと落ちた。ゆっくりところがったボールを、そばで見ていた汐里が拾いあげる。

「はい。もう一回」

汐里がそう言って、ハルにボールをさしだした。でもハルは、お礼も言わず、ボールを受け取りもせず、あたしたちに背中を向けて去っていった。

ハル、本当にどうしたんやろ……？

あたしが首をかしげながらハルの背中を見送ると、あたしの横にやってきた汐里が、首をかしげる。

「ねえ、わかば。さっきの、だれ？」

「幼なじみ。A組の、椿山春馬」

「彼氏？」

「だから、幼なじみやって。もうその手のセリフ、言われ飽きたわ」

チアリーダー部だったころ、望たちに同じことを言われていたのを思いだして、ちくりと胸の奥が痛む。

　でも、汐里は持てあましたボールを手の上でころがしながら、「ふーん」とつぶやいたあと、しばらく考えこんで、さらりと言った。

「じゃ、好きになってもいい？」

「へっ!?」

「タイプかも。いい？」

「そんなん……、なんで、あたしに聞くんやって？」

「男めぐって部活内でドロドロとか、イヤだから」

　あっけらかんと言う汐里に、あたしはちょっととまどいながら、あいまいな返事をする。

「まぁ、べつに……いいけどぉ……」

「マジで？　やった！　よっし！　がんばろ！」

　気合いを入れて、元気よく歩きだす汐里の背中を追いかけながら、あたしはひとりで苦笑した。

　なんか、汐里が「がんばる」って言ったら、本当になんとかしそうで怖い。いや、そうなったらそうなったで、なんも問題ないけど……のぅ。

公園からしばらく歩くと、ショッピングモールが見えてくる。もうお店はしまっていて、たくさんの人でにぎわう昼間とは、まるでべつの空間みたいだ。

「茉希はー……あ、いた」

あたしたちが立っている道から、道路をはさんだむこう側の通り。前と同じ店の前で、茉希はおどっていた。

ショーウィンドウにうつる、どこか孤独なヒップホップ。でも、動きはリズミカルだし、キレがあって、かっこいい。過去にどこかで習っていたのか、独学なのかわからないけど、センスもあるし、やっぱりうまい。

ダンスのとちゅう、体勢をかえた茉希と、目が合った。

あたしと汐里は笑顔で手をふったけど、茉希はいやそうに顔をしかめただけ。

「茉希ー！　あたしたちといっしょに、チアダン――」

あたしがめげずに声をかけようとしたとき、プシューと大きな音を立てて、あたしたちのあいだの横断歩道で、大型トラックが止まる。信号が青にかわって、トラックが走り去ったときには、茉希の姿はもうなくなっていた。

「うーん。やっぱりあの子、ヒップホップの基礎はできてるし、ゼロから教えるより、ずっと早いんだけどなぁ」

「ほやのぅ……。学校では説得できんし、どうすれば……」

そういえば、ダンスがうまいから声をかけただけで、あたしたちは、茉希のことをなにも知らない。なにが好きなのかも、なんで不登校になったのかも。

もうちょっと、茉希のことを知らなきゃいけないい気がする――。

3 それぞれの傷

「柴田茉希……ねぇ」

同じクラスの子に聞けば、少しは茉希のことがわかるかもしれない。というわけで、つぎの日の昼休み、あたしと汐里がやってきたのは、茉希と同じD組の、穂香のところ。

でも、穂香は力なく首を横にふる。

「たしかにうちのクラスやけど、ほとんど学校来てないしのぅ」

「そっかぁ。なんとか入ってもらえんかなぁ、チアダンス部に」

あたしがそう言うと、穂香の顔が曇った。

「無理やと思う」

「なんで？」

「わたし、あの子とは中学もいっしょやったで……あの子、のぅ……」

穂香は、言いにくそうに、声をひそめてつづけた。

「**……男子の背中に、カッターナイフつき刺したことあるんやよ。**制服の上からやし、ケガはなかったけど」

想像していたよりも深刻な話に、あたしと汐里は、思わず顔を見あわせた。

「えっ……？　それ、理由は？」

「さぁ？　いろんなうわさはあったけど……」

穂香は、うしろのほうの空いている席にちらりと目を向けて、ぼそっとつぶやく。

「苦手や、わたし。……なんか怖いよ、あの子は」

★

「茉希にそんな過去があったなんてのぅ……」

「過去のことはともかくさぁ、全米制覇のためには、茉希のダンスの技術は必要だって、やっぱ」

D組を出たあたしたちが、そんなことを話しながら、中庭のそばの渡り廊下を歩いていると、前を歩く、ひょろっとした背中が目に入った。

あたしと汐里は、そろって、いたずらをたくらむ子どもの顔になって、その背中にうしろからどーんと突撃する。

「ターロウ！」

「うわっ!? なんや、きみらか……」

おどろいた顔でふりむくタロウに、汐里とふたりで、右から左から、ぐいぐいとせまる。

「実は今、あたしたち、部員あつめのためにやりたいことがあって！」

右に立った汐里が笑顔でそう言うと、「やりたいこと……？」と、タロウの顔がひきつった。

タロウの左側で両手を広げたあたしが、「ほや！」と、汐里の言葉を引きつぐ。

「全校生徒の前でおどりたいんや！　あたしたちのダンスを見てもらうのが、勧誘にはいちばんやろ！」

「全校生徒の……？　いや、無理やろ、それは……。教頭先生の許可が――」

「ほやったら、タロウからも教頭にたのんでやぁ！」

あたしがそう言うと、タロウは「いや、でも」と歯切れの悪い返事をして頭をかく。それを見た汐里は、ちょっとあきれたような顔で言った。

「顧問でしょ？　交渉してくださーい！」

「う……、その話なんやけど、俺な、そのぉ、顧問は――」

そのとき、うしろから「さっきから、大声でなにを話しているんですか」と不機嫌そうな声が聞こえた。ふりかえった先にいたのは、まさにくだんの教頭先生。

「ちょうどよかった！　教頭先生！　タロウ先生から、お話があります！」

汐里が、あいかわらずの強引さで、タロウを教頭先生の前におしだす。教頭先生は、じろりとタロウをにらみつけてたずねる。

「漆戸先生？　なにか？」

「えっ……、いえ？　べつに……」

ええい、タロウのいくじなし！

このままタロウにたのむより早いと思ったのか、汐里はタロウをおしのけて、教頭先生に、ぺこりと頭を下げた。

「おねがいします！　みんなの前で、おどりたいんで――」

「無理！　許可はしない！　以上！」

早い！　教頭のくせに、生徒の声に耳をかたむけようって気がないんか！

教頭先生は、やれやれとため息をついたあと、「漆戸先生、ちょっとお話が」と、タロウをつれて、さっさと職員室のほうに消えていった。

「なに、あの教頭！　サイテー！」

「ほやのぅ！　せめて話くらい聞いてくれてもいいのにのぅ！」

あたしたちがぎゃあぎゃあと文句を言いまくっていたら、ふと、近くの中庭のベンチに、人影があるのに気づいた。

ひざの上にむずかしそうな本を広げて、こっちをにらんでいたのは、イインチョウ、麻子。

「あっ……ご、ごめんの……、お父さんの悪口みたいなこと……！　夏休みも近いし、うちらもあせってて、つい……！」

麻子は教頭先生の娘だ。親の悪口を聞かされて、気分がいいはずがない。汐里もさすがに、ちょっとバツが悪そうな顔をしている。

でも、あわてて弁解するあたしを冷めた目で見ながら、麻子はふっと鼻で笑った。

「べつに。父の悪口言われんのは、なれてるで。あの人、怒るのが仕事やし」

「ほ、ほやけど……」

「それより、二年の夏にダンスの練習なんて、のんきなもんやのぅ。ダンスでは大学行けんよ」

そう言われて、あたしたちはむっとだまりこんだ。

そういえば、英語の期末テスト、赤点だったら夏休みも補習とか先生が言ってたような気がするけど……、よし、考えんようにしよう。

放課後、練習場所の中庭に向かうとちゅうで、職員室前の廊下をひとりでとぼとぼ歩いているタロウを見かけた。あたしは「タロウせーんせ！」と笑顔でかけよる。

「昼休みはごめんのぅ！　でも、あたしらなりに、チアダンス部の……こと……を……」

あたしの言葉は、しりすぼみになっていく。ゆっくりふりむいたタロウの顔が、今まで見たことないくらい、青白かったから。

「どうしたんや!?　教頭先生に怒られたんか？」

もしかしてあたしたちのせいやろか？　あの教頭先生やったら「漆戸先生があまい顔するから、あの生徒たちがつけあがるんです！」とか言いそうやし。

心配になったあたしが、ひとりであたふたしていると、タロウは苦笑いを浮かべて、小さな声で言った。

「**……藤谷、すまん。やっぱり、俺、顧問は無理かもしれん**」

「えっ!?　なんで!?　この前、やってくれるって……！　やっぱり教頭先生に……!?」

あたしがあわててタロウにつめよると、タロウは小さく首を横にふって、悲しそうにつぶやいた。

「ちがうんだよ、藤谷。俺なぁ……俺もなぁ……、がんばればなんでもできるって思ってた時期、あったんだよ」

「え？」

「前の学校で、熱血教師やって、生徒の夢、いっしょにかなえようとか言って……結局、ぜんぶ、ダメにした」

「ダメにした、って……」

「ある生徒が、俺のせいで、深く傷ついて……、問題を起こして……退学したんや」

タロウの声は、少しふるえてた。

ふと、夜な夜なおどっている茉希の姿が頭をよぎった。ひとりでおどっている茉希も、なにか傷をかかえてるんやろか。

「じゃあ先生、顧問の件は……」

「……すまんの」

力なくあやまるタロウを見て、あたしもだまりこむ。

過去になにがあったのかはわからないけど――タロウは、やさしい。駅前でおどったあの日、とっさにチアダンス部の顧問だって言ってくれたのも、あたしたちが警察の人とトラブルにならないように、守ってくれたから。

だからきっと、タロウは、本気で生徒のために、がんばったんだと思う。その結果は、あまりいいものではなかったのかもしれないけど……。

あたしは、ぱっと顔を上げて、明るい声で言った。

「のう。先生も、やっぱり無理やと思う？　いきなりチアダンスとか、JETSに勝って全米制覇とか」

「いや、それはわからんけど……」

正直、あたしだって、自分たちが、いかに無茶なことを言ってるのかは、わかってる。JETSのすごさだって、間近で見てきてだれより知ってるし、まだまだ、汐里ほどまっすぐに、自分の夢と向きあえている自信はない。

「……なのに、友だちなくしてまでおどるなんて、アホや」

あたしは望たちのことを思いだして、苦笑いを浮かべながら、ぼそっとつぶやいた。

するとタロウは、さっきまでの落ちこんだ顔から、ぐっと眉根をよせて、心配そうな、教師の顔になる。

「なんかあったんか？」

あたしは、その質問にはこたえなかった。そのかわり、いつもの明るい声で言った。

「それでも、やりたいことやろうって、首くくったでの！」

「……それを言うなら、腹やの。首くくったら危険や」

「う……ちょっとまちがえた。細かいのぅ、タロウは」

「先生って呼ぼうな」

タロウはあきれたようにそう言って、ふっと笑った。わずかに目を細めてあたしを見つめる顔は、いつもの、ちょっとたよりないけど、やさしい顔。

「とにかく！　どんな無茶な夢でも、言うのはタダや。なんもはじめんかったら、どこにも行けんでの！」

くじけそうになったとき、頭に浮かぶのは、福井の駅前でおどって、お姉ちゃんを見送ったあの日のこと。夢に向かって旅立つ、お姉ちゃんの背中。

「タロウ先生。顧問やめるかもって話は、まだみんなには、だまっといてのぅ」

とくに、汐里が知ったら、また暴走しそうやし。

「ほんで、また熱血したくなったら、いつでも言って」

アホなくらいのでっかい夢を見てるあたしらが、とことん、つきあうでの。

「あ、教頭先生に怒られたんは、気にせんでいいって！　あの人は、怒るのが仕事やでのぅ！」

あたしが両手の人さし指でツノを生やして、鬼のジェスチャーをしながらそう言うと、タロウはハの字眉でへらっと苦笑いを浮かべた。その顔は、しかられてへこんでいるうちの愛犬のタロウに、やっぱりちょっと似てる気がした。

夜の町を、大きな音を立ててトラックが走りぬけていく。そのエンジン音に混ざって、うっすらと聞こえるKポップ。小型のスピーカーから流れる音に合わせて、今日も茉希はおどっていた。

あたしと汐里は、顔を見あわせて、うなずきあって、茉希のそばにかけよった。そして、なにも言わずに、茉希の背後でおどりはじめる。

よく考えてみたら、シンプルな話だった。勧誘には、おどってるところを見てもらうのがいちばん――だったら、おどればよかったんだ。茉希と、いっしょに。

ショーウィンドウのガラスにうつる茉希のダンスに、あたしたちのダンスが合わさる。

汐里はさすがのダンステクニックで、即興にもかかわらず、茉希の動きにしっかり合わせている。

あたしも、なれないヒップホップに苦戦しつつ、大きく体を使って、なんとかリズムを取る。

昔習っていたバレエの動きとまたちがうし、なかなかむずかしい。でも、楽しい。

あたしが自然と笑顔でおどっていると、ガラス越しに、茉希と目が合った。

あたしは、茉希がどんな子か、まだぜんぜん知らない。でも、毎晩のようにここでおどっている茉希は、きっとあたしたちと同じように、ダンスが好きなはずだ。

いっしょにおどれば、きっとなにかつたわるものがある。あたしは、そう信じてる。

おどりながら、あたしは茉希に向かって明るい声で言った。

「人とおどるって、楽しいのぅ？　一回、みんなといっしょにおどってみんか？」

でも、あたしの言葉を聞いた茉希は、むっとした顔で動きを止めた。そして、そのままあらっぽい手つきで音楽を止めると、あたしたちに向きなおって、吐きすてるように言った。

「嫌いやで」

「嫌い？」

「人に合わせておどるとか……大嫌い」

ばっさり切りすてられて、あたしがちょっとへこんだとき——となりに立つ汐里が、涼しい顔で言った。

「わかる。あたしも嫌い」

……へ!?

「ちょっ、汐里!?」

「個性を殺して、みんなに合わせるとか、チームでひとつにとか……、大嫌い」

意外な言葉に、茉希が目を見ひらく。っていうか、そんなの、あたしだって初耳や。

でも汐里は、さらりとした口調でつづける。

「だから、チアダンスには向かないって、何度も言われた。でもほら、あたし、おどりはうまいじゃん?」

……自分で言うか？　そりゃ、たしかにうまいけど。

「だから前の学校でも、一年生でレギュラーに選ばれて、大会、出られたの。けっこう強いチームだったから、全国大会まで進んだ。でも……」

そこで汐里は言葉を止めて、少しうつむいた。

「なんでもないターンで、失敗した。ミスを取りもどそうってがんばったら、チームの和がみだれたって、怒られた。あたしのせいで――JETSに負けた」

たんたんとした言葉。でも、汐里の顔に、声に、にぎったこぶしに、くやしさがにじんでいる。

「親の都合でこっちに転校が決まって、ホッとしたよね。あのチームには、あたしの居場所なんてなかったから」

……あぁ、そうか。だから、汐里はあんなに「打倒ＪＥＴＳ」って。

「よりによって、母親の実家が福井。すぐそばにＪＥＴＳがいるんだよ？　勝ちたいっしょ？」

笑顔でそう言ったあと、汐里は、真剣な顔で茉希に向きなおる。そして、まよいのない力強い声で、きっぱりと言った。

「あんたがかわる必要なんてない。チアダンスのルールのなかで、あたしはあたし、あんたはあんたらしく、おどればいい」

茉希は目を見ひらいて、汐里の顔をまじまじと見つめている。汐里は、茉希から目をそらすことなく、少しほほえんで、いつもの勝ち気な態度で言いきった。

「それでいいんだって。見せつけてやろうよ、みんなに」

やっぱり茉希はなにもこたえなかったけど——その表情は、さっきまでとは少しちがっていた。

「ねぇわかば、聞いて！」

つぎの日の休み時間、汐里がいきおいよくうちのクラスに入ってきて、バンとあたしの机をたたいた。最初のころは、クラスメイトたちも、「だれ、あの子」「うわさの都会からの転校生？」「美人やのぅ」なんて、汐里のことをひそひそ話していたものだけど、もはや「うわ、また来たよ」って反応にかわっている。

「どしたの、汐里。そんな怒った顔して」

「穂香と渚がさぁ、今朝、チラシくばったときに、興味ありそうな雰囲気出してた一年生がいたのに、名前も聞いてないっていうの！　しかも二人！」

汐里はくやしそうにじたばたと地団太をふむ。

「なんでそんな貴重な一年生を逃がしちゃうかなぁ！」

「逃がすて……、獲物じゃないんやで……。まぁ、本当に興味あったら、自分らから来てくれるって。でも、その子らがもし来てくれたら、チアダンス部は見事成立やの！」

「そう！　打倒ＪＥＴＳへの第一歩！　チーム名も早く決めなきゃね！　やっぱ、ＪＥＴＳに勝てるような名前にしなきゃいけないじゃん？　ジェット機に勝てるものって――」

あたしと汐里がわいわいもりあがっていると、そばでふっと小さな笑い声が聞こえた。声のほうを向くと、近くの席にいた、イインチョウ――麻子が、冷ややかな目であたしたちを見ている。

「ずいぶん楽しそうやのぅ。でも、そろそろホームルームはじまるで」

イヤミっぽい言葉に、汐里が一瞬でむっとした顔になる。

あぁ、これ、またケンカになるわ……。

あたしがひとりでげんなりしていると、汐里は麻子の手元にあるスマホの画面をちらりとのぞきこんで、あきれたように笑った。

「そっちは、英単語アプリまで使って、休み時間まで勉強？　いっつも、つまんなそうだねぇ」

「は？」

「楽しいことなんて、なんにもなさそう」

汐里がそう言うと、めずらしく、麻子がはじかれたように、声をはりあげた。

「なっ……、わたしだって、好きなことくらい――」

「はーい、ホームルームがはじまるから、あたしはクラスにもどりまーす」

そう言いのこして、汐里は逃げるように教室をとびだしていく。

……まったく。汐里は、見た目の雰囲気は大人びてるのに、中身はほんっと子どもっぽいのぅ。せっかく昨日、茉希と真剣に向きあう姿がかっこいい、ってちょっと見なおしてたのに。

「イインチョウ、ごめんのぅ」

あたしが汐里のかわりに手を合わせてあやまると、麻子は手元の英単語アプリに目を落としたまま、さらっと言う。

「べつに。あの子のそういうの、もうなれたで」

その大人びたまじめな横顔を見て、あたしは思わずつぶやいた。

「……十分頭いいのに、まだ勉強なんて、えらいのぅ」

汐里は麻子のこと、「感じ悪い」とか「性格悪い」とか言うけど、あたしはなんとなく、麻子のことを嫌いになれない。

「のぉ、イインチョウ。さっき言いかけた、イインチョウの『好きなこと』ってなに？」

あたしの問いかけに、麻子が「え？」と顔を上げる。

「あたしは……ずっと心のどっかで、やりたかったんや、チアダンス。でも、中央高校に落ちて……ほら、バカやが？　あたし」

「ほやのぅ」

うぐっ……！　自分で言ったけど、そんなにあっさり肯定されるとちょっとつらい……！

悪気のなさそうな顔をしている麻子に、あたしは半笑いで言った。

「……バカは損や、やりたいこともやれん……って、ふてくされてた。ほんで、やりたいことやれてる人たちに……ときどき、イラッてしてた」

あたしはなんでもできるお姉ちゃんみたいにはなれん、って勝手にすねて、夢からも目をそらしてた。本当は、やりたいことをやるチャンスは、いつだってあたしの目の前にあったのに。

汐里やチアダンス部のみんなと出会って、あたしはそれに気づいた。

もちろん、あたしたちが百パーセントＪＥＴＳに勝てるなんて保証はないけど、「打倒ＪＥＴＳ」も言うのはタダや。

「イインチョウも、そうなんじゃないんか？　勉強以外に、なんかあるんでない？　やりたいこと」

「……わたしがやりたいこと自由にやったら、どうなると思う？」

「えっ？　どうなるんや？」

「父が怒る」

……なるほど。怒ってる顔も言葉も、かんたんに想像がつく。

「親は、わたしにかわってほしくない。わたしは、子どものころからずっと、優等生やった……。そのまんまで、いてほしいんやぁ」

「え？　イインチョウのやりたいことって、そんな大胆なことなんか？」

「親だけじゃない。まわりだって、わたしがかわったことしたら、引くやろ。キャラじゃないって、笑うやろ」

「それは……」

「怒られるより、笑われるほうが、もっと怖い。みんなが期待するイインチョウでいるほうが、ずっと楽」

あきらめた大人のような、すねた子どものような、微妙な麻子の顔を見て、やっとわかった。あたしがなんとなく麻子を嫌いになれないのは、似てるからだ。ちょっと前までの、あたしに。

「それに、わかばが廊下で練習してるの見て、チアリーダー部の子らが、アホやとか、救いようのないバカやとか言って、笑ってるの、こないだ見かけたで」

自分が言われたわけでもないのに、麻子はさみしそうにつぶやいた。

「……そんなん言われてまで、なんでチアダンスなんかつづけられるんか、わからん」

たしかに、望たちに嫌われたことは、悲しい。でも、練習しているときのあたしは、とにかくダンスのことしか考えてなかった。

いやなことも、なにもかも、夢中でおどっているあいだだけは、ぜんぶ、わすれられて――。

「でもの、イインチョウ……、楽しいよ」

「え？」

「やりたいことやるのは、楽じゃないけど、楽しい」

麻子があたしの顔を見て、だまりこむ。そのちょっと不器用なこまり顔に、あたしはにこっとほほえみかけた。

「イインチョウも、やりたいこと、やれたらいいのぅ」

できるなら、応援してあげたい。麻子のことも。

そのとき、ちょうどチャイムが鳴ったので、あたしも自分の席に着いた。教室の窓の外には、青空に映えるまっ白な飛行機雲が見えた。

5 飛行機雲をこえるには

　昼休み、チアダンス部の六人は、中庭にあつまっていっしょにお昼を食べながら、部員あつめの作戦会議……という名の、ただのおしゃべり会で、話に花を咲かせていた。

　こういうとき、会話の中心になるのはだいたい汐里なのだけど、さっさとお昼をすませた汐里は、めずらしく、ひとりでベンチに寝ころがっている。イヤホンで音楽を聴きながら、みょうに真剣な顔で、空を見あげて。きっと、頭のなかで、ダンスの振り付けでも考えているんだろう。

「そういえば、渚、穂香、チラシ受け取ってくれた一年生って、どんな子らやった？」

「んー……なんか、おとなしそうな感じやったけど、わたしたチラシ、真剣に読んでくれてたよ。のぅ、渚？」

「うん。あれはイケるんでない？」

「でも、今のところだれも来てないのぅ」

　あたしたちがのほほんとそんな話をしていたら、急に、ベンチで寝ていた汐里が、がばっと跳ね起きてさけんだ。

「これだぁあああ！」

「うわぁあっ!?」

びっくりして、心臓止まるかと思った……！

「ちょっ、汐里！　急にどうしたんや!?」

「うちらの名前！　思いついた！」

「へ？　名前って……あぁ、JETSみたいなチーム名？」

まだ考えてたんか、それ。すっかりわすれかけてた。

汐里はキラキラした笑顔で、あたしたちに向かって、自分のスマホをつきだした。

「そう！　JETSをこえる名前！　ジェット噴射をこえるっていったら？　これしかないっしょ！　聴いて、この歌！」

半ば無理矢理、耳につっこまれたイヤホンのむこうから流れてきた曲。あたしは、その歌詞に耳を澄ます。

メロディーにのせて紡がれた言葉は、ジェット噴射をもこえる――。

「……**ロケット噴射？**」

二年の教室前の廊下のすみ、あたしたちチアダンス部の六人に追いつめられたタロウは、きょとんとした顔でつぶやく。

そんなタロウに、あたしと汐里は、にこにこしながらつづけた。

「はい！　ある曲の歌詞にインスピレーションを受けた、汐里のアイデアで。ジェットをこえるなら、ロケットでしょって」

「だからぁ、あたしたちのチーム名は……せーのっ」

汐里のかけ声に合わせて、六人でびしっと両手をつきあげてさけぶ。

「**ROCKETS！**」

それが、あたしたちのチーム名！

あたしたちが「どや？」と言いたげな顔をしていたからか、タロウは静かにうなずいた。

「……うん、いい名前や」

「でしょ⁉　打倒ＪＥＴＳで、めざせ全米制覇ー！」

汐里の号令に、渚や穂香だけじゃなくて、ふだんはおとなしい妙子や琴も「おー！」と手をつきあげてもりあがる。

名前だけでもうJETSをこえた気分になっているあたしたちを見て、タロウは苦笑いをしている。あたしはこっそりタロウに近づいて、小声でそっとつげた。

「言うのはタダやでの」

あたしがにっと笑うと、タロウもふっと笑った。

そして、廊下の窓の外に目を向けたタロウは、なにかを決意したように、ぐっとこぶしをにぎった。そして、さわぐあたしたちをやさしい目でじっと見つめたあと——急に真剣な顔になって、あたしたちに向きなおった。

「俺からも、みんなに話がある」

こないだのタロウの言葉を思いだして、あたしは思わずドキッとした。まさか、こんなタイミングで、顧問やめるって話じゃ……？

でもタロウは、あたしと目が合うと、ふっとその目を細めて言った。

「終業式で、おどらせてもらえることになった」

……へ？

「ただし！　これでメンバーがあつまらんかったら、ぜんぶ終わりや。同好会としての活動も禁止になる。チアダンスは、封印や」

一瞬、言われてる意味がわからなかった。

でも、ぽかんとしているあたしたちに向かって、タロウはへにゃっとした笑顔で言った。

「俺が、校長先生に交渉したんや——**顧問として**」

タロウが、顧問として、校長先生に……ってことは、あたしたち、おどれる？　終業式、つまり、全校生徒の前で？　それに、タロウが顧問、つづけてくれるってこと⁉

意味を理解して、顔を見あわせたあたしたちは、タロウをかこんで、「うわぁぁぁ！」と、さっき以上の歓声をあげた。あたしも、タロウに満面の笑みを向ける。

「タロウ、ありがとう！　今まで、あんまりたよりにならなそうとか思っててごめん！」

「おまえらな……、っていうか、ちゃんと聞いてたか？　これでダメやったら、同好会としての活動さえできんし、だいたい、終業式まではあと一週間しか——」

タロウの気弱な言葉をさえぎって、汐里がさけぶ。

「だーいじょーうぶ！　あたしたちのダンス見たら、絶対、希望者おしよせるって！」

ちょっとお気楽すぎる汐里の言葉にも、今はだれひとり、つっこみを入れなかった。だって、根っこにある思いは、みんな同じだったから。絶対に、やってやる、って。

「よーし、みんな！　We are ROCKETS!」

六人の手と声がかさなって、高く高くつきあげられた。

6 結成、ROCKETS！

それからの日々は、あっという間だった。休み時間のたびに中庭にあつまって、汐里に振り付けを教わって、放課後には基礎からみっちり練習。もちろん、休日だって。

「わかば。こんな日曜の朝からチアダンスって……おまえ、ＪＥＴＳに入るんか？」

ふしぎそうにたずねてくるお父さんに、事情を説明している時間さえもったいない。

「学校ちがう。入れるわけないが。**あたしは、JETSじゃなくて、ROCKETS！**」

あたしは、「行ってきまぁす！」とさけんで、ロケット噴射みたいにいきおいよく、家をとびだした。


そんなこんなで、一週間が矢のようにすぎて、むかえた終業式当日。全校生徒があつまる蒸し暑い体育館で、クラスの列にすわったあたしは、式がはじまったときから、ずっとそわそわしていた。

壇上では、校長先生がマイクを手にして、終業式をしめくくる話をしている。

「一学期が終わろうとしていますが、みなさんにとって、この四ケ月はどのような時間だったでしょうか。わたしはあと二年で定年退職をむかえます。のこされた時間で自分にいったいなにができるのか、ずっと考える毎日です――」

体育館のあちこちから「早く帰りたい」「さっさと終われ」という、あくびまじりのオーラを感じる。

あたしたちがおどるのは、校長先生の話が終わった、そのあと。

もちろん、それでドキドキしているのもあるのだけど、それだけじゃない。あたしは、校長先生の話をぼんやり聞き流しつつ、ずっとD組の列を気にしていた。

実は数日前、汐里がひとりで茉希のところに行って、終業式でおどることをつたえてきたらしい。前に会ったときも、茉希は、ストレートな汐里の言葉に、少し心を動かされていたように見えたし、もしかしたら、って、ちょっと期待してた。

でも、あたしのすわっているB組の列からは、茉希の姿は見えない。きょろきょろしていると、C組の列にいる汐里と目が合った。あたしが目で「どう？」とたずねると、汐里は小さく首を横にふる。どうやら、この体育館に、茉希の姿はないようだ。

あたしがちょっとがっかりして肩を落としたとき、壇上の校長先生が、マイクをにぎりなおした。

「えー、それから、若い子は昔話なんて興味ないと思うけど……、ちょっとだけ聞いてください」

とつぜん、話の雰囲気がかわった。長くなったらいややなぁと思いながら、あたしは小さなあくびをしてうつむく。

「昔、わたしが担任していた生徒の話です。彼は、恐竜が大好きでね、夏休みのある日、行方不明になってしまったの。とうぜん、学校も警察も大騒ぎでさがしまわったのだけど……一週間後に、彼はひょっこりもどってきた。なんと彼は、恐竜の化石が出そうな山にこもって、ずっと発掘してたって」

……いきなり、なんの話やし。っていうか、なんて迷惑な生徒や。

「もちろん、わたしも怒りました。でも、今になってみると、彼にとっては最高の夏休みだったんじゃないかって。……そこまで夢中になれることって、宝物だよね」

校長先生は、かみしめるようにそう言った。そのいとおしそうな声に、あたしが思わず顔を上げると、校長先生はにっこりとほほえんでいた。

「みなさん、よい夏休みを。ただし、出かける際は、必ず行き先はつたえるように。ね？」

そのとき、校長先生の目は、生徒じゃなくて、なぜか体育館のすみにならんだ先生たちのほうを見ていた。そしてなぜか、タロウがはずかしそうに顔をふせた。

あれ？　そういえば、タロウって、恐竜のグッズとかよく持ってる気がする。職員室の机の上にも、恐竜の模型とかおいてあったし。年齢的に、タロウが生徒だったころ、校長先生が担任でも、おかしくはなさそう……？

え？　ってことは、まさか、その迷惑な生徒って!?

そう思ったとき、体育館に、タロウの声がひびいた。

「終業式はこれで終わりですが、すみません！　三分だけ、時間をください！」

タロウは、いやそうな顔をしている教頭先生からマイクを借りて、全校生徒に呼びかける。

「知っている人もいると思うけど、今、チアダンス部を作りたいって子らがいて。まだ六人しかいないんだけど、あと二人いれば、部として認めてもらえます。だから、その……」

教師のくせに、タロウはしゃべりがヘタや。

タロウは少しあせったようすで、ぐっとマイクをにぎりなおす。

「とにかく、まずはダンスを見てください。紹介します、**西高チアダンス部――ROCKETS**です」

ざわめきのなか、あたしたち六人は立ちあがった。クラスの列をぬけだして、あらかじめ用意していたポンポンを手に、壇上に上がる。

心臓が、つぶれそうなくらいバクバクしてた。

「……緊張するのぅ」

あたしが小声でつぶやくと、汐里以外の四人がうなずいた。汐里だけは、自信に満ちたよゆうの笑みを浮かべていたけど。

でも、ここまできたら、もうやるしかない！

舞台袖で手伝ってくれたのは、あたしの友だちの有紀。合図に合わせて有紀がスイッチをおすと、体育館に音楽が流れはじめる。

曲は、あたしたちのチーム名の由来にもなった、MISIAの『HOPE & DREAMS』。

明るいリズムとのびやかな歌声に合わせて、あたしたちはおどりだす。

『駆け抜ける飛行機雲　僕らの願いアテンション　プリーズ　限りある時の中　走り続けてゆこう』

汐里以外はみんな緊張しきっていて、表情もかたいし、動きも微妙にズレている。

全校生徒の視線は、正直、怖い。それでも、あたしたちは、前を向いて、懸命におどった。

受験勉強に専念するはずだったのに、バレエの経験を生かして力になってくれた穂香。

陸上部とかけもちの、ハードなスケジュールでがんばってくれた渚。

日舞とまったくジャンルのちがうチアダンスにも、静かに、真剣に向きあってくれた琴。

まったくのダンス素人だったのに、いつも笑顔で、みんなについていこうとひたむきにがんばる妙子。

そして、ここまであたしたちを引っぱってきてくれた汐里。

これからも、このメンバーといっしょに、おどりたい！

あたしが強くそう思ったとき、体育館のドアがひらいて、だれかが入ってきた。そのまま体育館のうしろの壁にもたれて、じっとこっちを見ているのは――**茉希だ。**

来てくれたんや！

おどりながら、あたしは思わず笑顔になる。となりでおどっていた汐里も、茉希に気づいて、ふっとうれしそうに笑う。気づいたら、ほかのみんなの表情も、さっきよりやわらかくなっていた。

肩を組んでラインダンスをはじめたときには、もう、さっきまでの緊張は、うそみたいに消えていた。

足の高さも、タイミングもバラバラ。みんなにはあきれられるような、へたくそなダンスかもしれない——でも、今、この瞬間、あたしたちは、最高に幸せ！

『いつの日も　みんな　空見上げ　歩いてきたんだ　前を向いて　笑えるように　つまずいてもいい　振り返りはしない　今だ　飛び立て　夢ロケット』

サビの歌詞に合わせて、舞台袖でスタンバイしてくれていた有紀が、ステージに大きな垂れ幕を落とす。

垂れ幕に描かれているのは、絵のうまい有紀に手伝ってもらって、みんなでデザインしたロゴ——大きな大きな、「ROCKETS」の文字！

そして、あたしたちのダンスは、クライマックスをむかえる。

『長い夜を越え　星空の向こうで　出会うものは　きっと素晴らしい　思い切り空へ　未知なる宇宙へ　今　飛び立て　夢ロケット』

最後のサビ。あたしたちは、手を、足を、全力で動かして、思いっきりおどりきった。

曲が終わって、あたしたちも動きを止める。息を切らしたまま、あたしたちは壇上で一列にならんで、深々と頭を下げた。

「ありがとうございましたっ！」

でも、ひかえめに拍手をしてくれたのは、ステージ袖の有紀だけ。体育館は、しんと静まりかえったままだ。

「だ、だれか、いませんか!? あたしたちと、おどりたい人！」

「いっしょにやろっさ、チアダンス！」

「お、おねがいします……！」

みんなで必死に呼びかけるけど、冷えきった体育館からは、なんの反応もない。

あたしたちが顔を見あわせて、肩を落としかけた、そのとき——静かな体育館に、キュッと靴の音がひびいた。ざわつく生徒たちの「あれって、不登校の」「あの子って、昔……」という声のあいだをぬって、体育館のいちばんうしろから、茉希が歩いてきた。

そして、ざわめきのなか、壇上に上がった茉希は、あたしたちの前で立ちどまる。

茉希はなにも言わず、じっと汐里の顔を見つめた。汐里も、だまったままうなずいた。

「……入ってくれるんか？」

あたしがそっと問いかけると、茉希は不器用な笑みを浮かべて、静かにうなずく。はじめて見た茉希の笑顔。その顔は、あたしたちと同じ、ふつうの女子高生だった。

「これで七人。あと、ひとりやね？」

渚が期待をこめた声で言って、体育館を見まわす。

でも、しんと静まりかえった体育館のなかで、その「あとひとり」を見つけられない。

せっかく、チアダンス部のみんなと仲良くなれたのに。茉希も、心の壁をひとつやぶって、ここまで来てくれたのに。かなえたい夢が、やっと見つかったのに。

ここまできてあきらめるなんて、絶対にいやだ。

「だれか、あとひとり！　いませんか!?　あたしたちといっしょに、おどってくれる人！」

祈るような思いであたしがさけんだとき、すっとだれかが立ちあがった。つかつかとあたしたちの前まで歩いてきたのは――、イインチョウ、麻子だった。

「ざんねん。七人では、足らんのぅ」

まっすぐあたしを見て、麻子がさらりと言う。

くやしいけど、八人目がいない今、なにも言いかえせない。あたしたちは唇をかみしめて、うつむく。

そのようすを見た教頭先生がほっとした顔をして、満足げにタロウからマイクをうばう。

「ほや、足らん。えー、ということで、ざんねんながら――」

でも、その教頭先生の言葉をさえぎったのは、ほかでもない、麻子だった。

「なので――」

体育館に、麻子の凛とした声がひびく。

「わたしが、八人目になります」

え？　八人目……に、なる？　麻子が？

「え、えぇえぇえぇ!?」

あたしたちも、タロウも、同級生たちも、そしてだれよりも、麻子のお父さんである教頭先生

が、おどろいて目を見ひらく。

「ほ、本気なんか、イインチョウ……!?」

ぽかんとしているあたしに向かって、麻子はこくりとうなずく。

「歌とかダンスとか、アイドルとか……、ほんとは、ずっと、好きやったで」

麻子はちょっとためらいがちに言ったあと、顔を上げて、はっきりと言った。

「わたしも……いっしょにおどりたい」

「まさか、イインチョウのやりたいことって……これやったんかぁ!?」

麻子は、照れたような苦笑いを浮かべながら、「ほや」とうなずいた。

「ま、ま、待ちなさい！　麻子！」

さけんだのは、終業式のとちゅうということもわすれて、お父さんの顔になっている教頭先生。

教頭先生は、麻子に向かって、あわてたようすでさけぶ。

「なに言ってる!?　夏期講習は!?　特別セミナーは!?」

「それもがんばる。がんばるで……チアダンスも、やらせてほしい」

「で、でも、今は、将来のために大事な――」

「その今や。今、チアダンスをやりたいんや。この子らといっしょに。それがやれるのは……、今しかないんや！」

強い意志のこもった麻子の声に、教頭先生が言葉をうしなう。

するとそのとき、最前列にすわっていた男子が、ぼそっとつぶやいた。

「イインチョウがチアダンスやってぇ。にあわねー」

それをきっかけに、体育館にくすくすといやな笑い声が広がっていく。笑っている女子たちのなかには、チアリーダー部の望やさくら、美菜もいた。

麻子は、ぎゅっと唇をかみしめて、静かにうつむく。

――笑われるほうが、もっと怖い。みんなが期待するイインチョウでいるほうが、ずっと楽。

いつか麻子が言っていた、そんな言葉を思いだす。

麻子だって、自分がチアダンスをやりたいなんて言ったら、こうやって笑われることは、わかっていたはずだ。だからこそずっと、好きなことをかくして、勉強ばかりのキャラを演じてきた。

それでも今、その怖さをふりきって、「イインチョウ」の殻をやぶって、麻子はこの壇上に来てくれた。

その思いを、勇気を、バカにして笑う権利なんか、だれにもない。絶対に！

あたしは思わず、最前列の男子を指さして、体育館じゅうにひびく大声でさけんだ。

「人のやりたいことを笑うな！」

あたしの剣幕に、目を見ひらいておどろく男子と、しんと静まりかえる体育館。

あたしも、すぐにはっと我に返る。……しまった、つい熱くなりすぎた。いきなり怒鳴るとか、チアダンス部の印象、最悪なんじゃ？

「あ、いや、その……笑わんといて、くれますか……？」

声と体を徐々に小さくするあたしを見て、チアダンス部のメンバーが「わかばらしい」とくすくす笑う。

バツが悪くなって頭をかくあたしに向かって、麻子がきれいなおじぎをした。照れたような顔を上げた麻子は、あたしをまっすぐに見つめて言った。

「チアダンス部に、入れてください」

あたしたちは、だれからともなく顔を見あわせて、全員で麻子に手をさしだした。

「もちろん！　よろこんで！」

あたしたちは、自然と円陣を組んで、中心で手をかさねる。茉希は一瞬、手をさしだすのをためらったけど、汐里に手まねきをされて、おずおずと手をさしだした。

かさなった手は八つ。これで、八人！

「チアダンス部、ROCKETSの結成やぁ！」

かさねた手をつきあげて、あたしは大声でさけぶ。教頭先生の「あああぁ、これで終業式を終わります！」というやけくそのような声も無視して、あたしたちは、飛びはねながらもりあがった。

壇上ではしゃぐあたしたちを見ているほかの生徒たちは、ぽかんとしていたり、バカにしたように笑っていたり。でも今は、だれにどんなふうに見られていても、ぜんぜん気にならなかった。

そのとき、ふと、A組の列から、ハルがこっちをじっと見ているのに気づいた。あたしがほほえんで小さく手をふると――ハルは、ふっと切なげな顔をして、そっぽを向いてしまった。

となりで汐里が「ねぇ、わかば！　さっき、春馬くんと目が合った！」なんてはしゃいでるけど――なんか、ちがう。今のは、いつものハルの顔じゃない。

体育館を出る人の波のなかに消えていくハルの背中を、あたしはぼんやりと見つめていた。

第3話　恋と夢と「あたしなんか」と

1 ここが部室!?

『今年の全米優勝は――、福井県立西高校、ROCKETSです！』

そんなアナウンスが全米大会の会場にひびく。舞台の中央に立ったあたしは、大歓声のなか、ポンポンを持った右手を高くつきあげた――ところで、目が覚めた。

大歓声のかわりに聞こえるのは、夏の朝をつげるセミの声。空につきあげたはずの右手は、ベッドのそばの棚にぶつかってた。

「……いったぁ。なんや、夢かぁ」

ベッドの上で体を起こしたあたしは、にぶく痛みはじめた右手をふりながら、大きなあくびをひとつ。

現実のあたしたちは、全米どころか、そもそも大会に出たこともない。しかも、あたし、英語なんかわからんで、夢のなかのアナウンスとか歓声、ぜんぶ福井弁やったし。

「でも、まぁ、悪い夢じゃなかったのぅー……。正夢になるかもしれんし……」

あたしは伸びをしたあと、のんびりと目覚まし時計に手をのばして、ふと気づいた。

ん？　そういえば、目覚まし、鳴らんかった気がするけど、今、何時や？

……おぉぅ!?

「やばっ!?　寝坊してもたぁあ！」

あたしはあわてて制服に着がえて、通学カバンをつかんで、部屋をとびだす。顔も洗ってないし、寝ぐせもなおしてないけど、もういいや！　学校についてからなんとかしよう！

部屋を出た足で、あたしはそのままバタバタと玄関に向かう。

「あら、わかば――」

あたしの足音に気づいたのか、お母さんがリビングからひょっこりと顔を出す。でも今は、

「なんで起こしてくれんかったの！」なんて、文句を言っている暇もない。

「行ってきまぁす！」

大声でさけんで、あたしは全力でかけだした。

学校につづく道の先、校舎のさらにむこうに見えるのは、すがすがしくて広い夏の青空。あたしたちの希望を乗せたロケットは今、あの空のかなたにある大きな夢に向かって、飛びたとうとしている。

「すみません、寝坊しま──」

した、と言いながら、いきおいよく教室のドアをあけた。

でも、覚悟していた怒鳴り声は飛んでこなかった……というか、教室には、だれもいなかった。

チョークのあとものこっていないピカピカの黒板の前に、ただ机とイスが整列しているだけ。

教室をまちがえたかと思って、一度外に出て確認したけど、まちがいなく、ここは二年B組。

ん？　一時間目、移動教室やっけ？

やけに静かな廊下に立ったまま、三秒ほどかたまって──やっと気づいた。

「今日から夏休みやった……」

あたしがひとり、その場でひざからくずれおちそうになっていると、「あれ？　藤谷？」と呼びかけられた。顔を上げると、そこにいたのはタロウ。

「先生！　どうしたんや？　今日から夏休みやよ？」

まさかタロウもあたしみたいにまちがえたのかと思ったけど、さすがにそんなことはなかった。

タロウは苦笑いをしながらこたえる。

「知ってる。教師に夏休みは関係ないでの」

「ほうなんや。たいへんやのぅ。あ、ちなみにあたしはまちがえてきてもた！」

あたしがどうどうとそう言うと、タロウがあきれた顔になる。

「……気ぃつけて帰れよ」

「はぁい……って、あ！　ほや！　タロウ！」

「先生って言おうな」

タロウ……先生に、あたしはぺろっと舌を出して「はぁい」と返事をする。

「タロウ先生。チアダンスの練習に、どっかいい場所ないですか？　たとえば……、もう使ってない部室とか」

夏休み前、みんなで頭をなやませていた部室問題。これまでは、中庭を使ったり、公園にあつまったりしてたけど、部員もふえたし、ずっとこのままってわけにもいかない。

「部室なぁ……、あると言えば、あるんやけど……」

「えっ!?　ほんとに？」

「いや。でも、あそこは――」

タロウが言いきる前に、あたしは汐里に電話をかけていた。

「もしもし汐里!?　部室、見つかったんやって！　タロウが、使ってない部室があるで、そこ使っていいって！」

あたしが興奮しながらそう言うと、電話のむこうの汐里が、「マジで!?」とうれしそうにさけぶ。

汐里との通話を終えて、あたしがスマホをカバンにしまったとき、タロウがやれやれとあきれたようにつぶやいた。

「……やで、最後まで話を聞けって」

「でも、あるんやろ、部室」

「ほやけど……、あそこはちょっと……のぅ」

あたしが「え？」と首をかしげると、タロウは意味深な苦笑いを浮かべた。

★ ☆ ♪ ☆ ☆ ★ ♬

あたしたちの前に立ちはだかる、さびた重たい扉。

「**せーのっ！**」

かけ声とともにあけた、立て付けの悪い扉のむこうは——カオスな空間だった。

傷だらけの古い机、ゆがんで変色したイス、こわれた楽器。やぶれたノートや楽譜、つみかさなったゴミ。すみっこにヒビの入った窓ガラス。そして、風に舞いおどる、大量のホコリ。

うわぁお。タロウから聞いてはいたけど、想像以上。まるで、ホラー映画の舞台や……。

「えっ、ここが部室!?」

「……きたなっ」

汐里と茉希が、思いっきり顔をしかめて、ストレートな感想を口にする。でも、ざんねんながらそのとおり。ここが、あたしたちの部室。

あたしたちが今いる場所は、校舎裏。学校の敷地のすみっこに、ぽつんと建ってる、古い小屋。

「なんか、元はマーチングバンド部の部室やったらしいけど、吹奏楽部に吸収されて使わんようになったんやって」

あたしが説明すると、妙子と渚が、顔をひきつらせる。

「部室っていうか、小屋っていうか……、廃墟やが……」

「ここで練習は無理やろ……」

琴も無言のまま静かにうなずく。穂香にいたっては、「わたし、こんな不潔なとこ、いややぁ……」と半泣きで一歩うしろに下がった。

でも、あたしは腕まくりをして、明るくこぶしをつきあげる。

「んなら、そうじしよっさ!」

「えっ？　わかば、本気でここ使う気!?」

渚に「信じられない」って顔でそう言われたけど、あたしは「ほや」とうなずいて、ためらわず、ホコリまみれの部室にふみこんだ。その瞬間、ぶわっとホコリが舞って、ゲホゴホと咳が出る。

そんなあたしのようすを見ながら、麻子が冷静に言った。

「でも、グラウンドと体育館はほかの部活でうまってるし、おどれる広さと音を出せる場所を考えたら、もうここしかないかもしれんの」

その言葉を聞いて、汐里がぱんと手を打った。

「たしかにそうだよね！　屋根はあるし、鏡もおけるじゃん！　贅沢言わずに、そうじするよ！」

そう、いくら文句を言っても、ほかに方法はない。汐里を筆頭に、最初はいやそうな顔をしていたみんなも、覚悟を決めて、汚れた小屋のなかにとびこんできた。

「ま、全米制覇して実績作れば、きっと、もっといい部室もらえるよ！」

あたしといっしょに古い机を運びだしながら、汐里がいつもの元気な声で言う。

「ほやほや！　たとえば、防音ばっちりで、冷暖房完備とかの！」

お調子者の渚が、両手に持ったイスを運びながら、汐里の発言にのっかる。

「それやったら、アイドルがレッスンする、ダンススタジオみたいな部室もいいのぅ」

不燃ゴミをしわけながら、めずらしく、麻子まで、そんな夢見がちなことを言いだした。

でも、どんなことも、言うだけならタダや。

「じゃあ、冷蔵庫があって、いつでも自由に飲み食いできる、おやつとかジュースが入ってるのはどうや？」

あたしがそんなことを言ってみると、意外にも、食いしん坊の妙子が絶望的な顔になる。

「あかんって……、そんなん、絶対、練習にならんでの」

その正直すぎる反応に、琴がくすりと笑う。

そんな感じで、手も口もよく動かしながら、あたしたちは汚れきった部室を少しずつ、ひとつずつ、片づけていった。ちなみに、だれよりもいやそうな顔をしていた穂香も、サングラスとマスクと手袋という重装備で、なんとかがんばってくれた。

　こうして、あたしたちROCKETSの夏休みは、小屋のそうじ——いや、部室づくりからはじまった。

「うん、だいぶきれいになったが！」

片づけをはじめて、三日後。窓辺に雑巾を干しながら、あたしは大きく深呼吸をする。

部室のなかにあったゴミはほとんどなくなって、壁ぎわの棚にもものをおけるようになったし、おどれるスペースもできた。

夏の暑さのなか、ここまで片づけるのはたいへんだったけど、これはこれで「青春！」って感じで、あたしはけっこう楽しかった。

「じゃあ、そろそろお昼休憩にしよっさ。やっと部室のなかでお昼ごはん食べられるのぅ」

三日前は、すわることさえままならない状態だったのに。みんなで力を合わせれば、なんとかなるもんや。

それぞれ、持ってきたお弁当やパンを手に、遠足のお昼のように輪になってすわる。

「あれ？　汐里は？」

さっきまでいたのに、いつのまにか部室からいなくなっている。あたしがたずねると、麻子がこたえる。

「さっき出てったよ。飲み物でも買いに行ったんでない？　すぐもどるやろ」

「そっか。じゃ、えんりょなく、お先にいただくか」

今日も朝から動きっぱなしで、おなかもペコペコやし。

「にしても、片づけだけで三日もかかったぁ……」

足を投げだした渚が、紙パックのジュースをすすりながらしみじみとつぶやく。

「でも、これで明日から練習できそうですね」

そう言って小さくほほえんだのは、ピンと背筋をのばしてすわる琴。手元には、上品な和食のお弁当。

そのとなりでは、妙子がおいしそうにからあげ弁当をほおばっている。

「いっぱい動いたあとやで、おいしいのぅ！」

幸せそうな妙子のようすを見て、穂香がからかうように言う。

「あー。妙子、からあげなんか食べてる！　ダイエットは？」

「う……、きょ、今日は、運動したでいいの！」

そう言いながら、妙子は、デザートもしくはおやつの、あまそうな菓子パンをかくす。

……こりゃ、あとで相当おどらんと、カロリー消費できそうにないのぅ。

あたしがコンビニで買ってきたおにぎりを食べながら、そんなやりとりを見て笑っていると――ふと、みんなと少しはなれた場所にすわって、黙々とパンをかじっている茉希の姿が目に入った。

茉希は、ほかの部員ともあまりうちとけていないし、なかなか距離が縮まらない。無口な琴とはまたちがう意味で、なにを考えているのか、いまいちつかみきれない。

「のぅ！　茉希も、こっちでいっしょに食べん？」

笑顔で呼びかけてみたけど、茉希は、あたしのほうを見もせずに、すっとイヤホンをつけて、ひとりで音楽の世界にとじこもってしまった。

「ありゃ……」

頭をかくあたしの横で、穂香がふんと鼻を鳴らして、ぼそっとつぶやく。

「……あの子、汐里にしか興味ないでの」

「え？　どういうこと？」

「**好きなんやよ、汐里のこと**」

好き？　それって、どういう――とあたしがたずねるより早く、部室の扉がひらいて、汐里が入ってきた。てっきり、飲み物でも買いに行ったんだと思っていたのに、なぜかその手には、大量のペンキと刷毛。そして、小脇には、丸めたポスターをかかえている。

きょとんとするあたしたちをよそに、汐里はペンキと刷毛を床において、あたしたちの前に持っていたポスターをばっと広げた。

「みんな、これ見て！」

はなやかなチアダンスの写真が印刷されたポスターに書かれていたのは、『第十三回　チアダンス選手権　福井大会』という大きな文字。

「ROCKETSも、これに出ます！」

「えっ!?　福井大会!?」

思わず、間のぬけた声を出してしまった。

だって、ポスターに書かれている日付は、九月一日。今は、夏休みに入ったばかりの、八月の頭……ってことは――。

「あと一ヶ月しかないが……。まだ基礎練しかしてないのに、いきなり大会？」

渚がぽかんとした顔でつぶやく。でも汐里は、あたりまえみたいに言いきった。

「だって、全米制覇が目標なんだよ。福井で勝てなかったら、アメリカに行けないじゃん」

「でも福井大会ってことは……、JETSも出るってことやがの？」

あたしが思ったのと同じことを、ぼそっとつぶやいたのは、不安そうな妙子。汐里は「もちろん！」と笑顔でこたえたけど、だれも汐里の言葉についていけてない。

「……そんなん無理や」

琴が小声でそう言って、わずかに顔をひきつらせる。ほかのみんなも、考えていることは同じらしく、部室にどんよりしたムードがただよいはじめた。

せっかくそうじしてきれいになったのに、また空気が一気によどんだような気がする……。

あたしは、窓をあけて空気を入れかえるみたいに、明るい声で言った。

「まぁ、やる前からいろいろ考えてもしゃあない！　まずは、やってみるしかないの！」

一ケ月は決して長い期間じゃないかもしれないけど、なにもできない期間でもない。とにかく、やれるだけやるしかない。

あたしのお気楽な言葉に、みんなも「ほやの」「ほやほや」と、ちょっとずつ、元気を取りもどしていく。

汐里が「そうこなくっちゃ！」と笑って、今度は、持ってきたペンキを、どんとあたしたちの前においた。

「汐里、ペンキなんかどうするんや?」

「ふふ。地獄の特訓をはじめる前に……!」

そう言って、汐里は持っていた刷毛の先を、まっ赤なペンキの缶にひたして——壁にばしっとたたきつけた。

「ちょっ、なにしてるんや!? あぁぁぁぁ!」

まじめなイインチョウ、麻子の悲鳴もむなしく、壁にペンキの大きな文字がきざまれる。

『打倒JETS!』

おぉお……。なんか、こうして文字で見ると、迫力あるのぅ……。

満足げな顔でふりかえった汐里は、あたしたちにも刷毛をさしだす。

「さ、みんなも書こう!」

けろっとした顔の汐里に刷毛を手わたされて、だれからともなく、顔を見あわせる。あまりにも自由な汐里の行動に、みんな、あきれて——でも、ちょっとわくわくしてる。

まぁ、こうなったらもう、あたしらもやるしかないの!

そして数分後、『We are ROCKETS!』『カッコイイ女になる!』『闘魂注入!』、それから、ロケットの絵――壁のあちこちに、言葉やイラストがならんだ。

もちろん、あたしも。


『めざせ、全米正覇！』


あたしが書いた大きな文字に、みんなが首をかしげる。

「わかば、これ、なに？　こんな字、ないやろ」

麻子にたずねられて、あたしは頭をかいた。

「やっぱり、まちがってる？　『覇』がちょっとむずかしくて」

すると、みんなが心底あきれたような顔になる。

ん？　なに、その反応。「覇」って、そんなにみんな書ける字なんか？

あたしがきょとんとしていると、麻子が静かに赤いペンキで、「正」の上にバツをした。そして、その上に「制」と書きなおした。

……みんなの視線が痛い。そ、それもちょっとまちがっただけやって。

あたしは話をそらすように、壁に描かれていたイラストを指さした。

「あっ、このイラスト、かわいい！」

「それ……、うちらの似顔絵」

ひかえめに手をあげたのは、琴。描かれた八人の顔は、キャラクターっぽくデフォルメされているけど、それぞれ特徴をとらえていて、なかなかうまい。

「うわ、似てる！　これ、イインチョウやろ！」

きりっとしたつり目のイラストを指さして、渚がけらけら笑う。麻子は「ぜんぜん似てないし」と、ぷんすか怒っている。やで、その顔やって、イインチョウ。

「えっ、じゃあもしかして、この太いの、わたし!?」

自分の似顔絵を見て大声を上げたのは、妙子。たしかに、ほかのイラストにくらべて、ちょっと丸顔に描かれている。琴が「うん」とあっさりうなずくと、妙子が絶望的な顔になる。

「琴には、わたしがこんなふうに見えてるんや……。本気でやせな……」

あまりにも真剣な声が、おかしくて、かわいくて、みんなでぷっとふきだして笑う。

それやったら、明日から全力でおどってダイエットせんとのぅ！

★　★　♪　★　★　★　♬

夕方、部室の片づけを終えたあたしたちは、みんなでわいわい話しながら、校門へ向かっていた。

明日の練習は、朝九時から。やっと本格的にダンスの練習をはじめられるということで、みんなの顔も晴れやかだ。

「新しいジャズシューズ買わんと」

「……じゃあ、今から買いに行きますか？」

そんな会話をしているのは、穂香と琴。いきなり靴を買おうなんて、さすがお嬢様。

大通りのショッピングモールのあたりまで行けば、お店もいっぱいあるし、みんなも「いいのう、行こ行こ！」ともりあがっている。

あたしも「今日、おこづかいいくら持ってきたっけ」なんて考えながら、みんなのうしろを歩いていると——ふと、グラウンドのそばのフェンスのところに、よく知った背中を見つけた。

幼なじみで、野球部のピッチャー、椿山春馬——ハル。でも今のハルは、練習着じゃなくて制服を着て、フェンス越しに、野球部の練習をながめている。

ハルの視線の先には、チームメイトに向かって声をはりあげている、キャッチャーの上杉くんの姿。ちょっと前までハルが立っていたマウンドには、べつのピッチャーが立っている。

ぼんやりしたハルの横顔を見て、あたしの頭のなかに、こないだ聞いたハルの言葉がよみがえる。

――ボールをにぎるのも、怖い。……もう、やめるしかないかも。

ハルは、小さいころから野球が大好きで、野球をやってるときが、いちばんキラキラしてた。勝ったときのうれしそうな顔も、負けたときのくやしそうな顔も、たくさん知ってる。

そんなハルが、グラウンドに立つこともできんなんて。ハルは今、どんな思いで野球部の練習を見つめてるんやろ。

そう思うと、なんだか胸がしめつけられるようで、いてもたってもいられなくなった。

「ごめん、みんな、先行ってて！」

あたしはチアダンス部のみんなにそう言って、ひとりでハルにかけよった。

「ハル！」

そう呼びかけるのと同時に、あたしがカバンから取りだしたポンポンを投げると、とっさにふりむいたハルがそれを受け取る。

「なんや、わかばか……」

あたしにポンポンを投げかえして、そっけなく言うハルに、あたしは「ナイスキャッチ！」と明るく声をかける。

「キャッチボールの相手やったら、いつでもなるでの」

でも、ハルはなにもこたえずに、またグラウンドに目を向けた。

「ちょっと休んだら、また投げられるって」

あたしがハルの真横に立ってそう言うと、ハルはちらりとあたしの顔を見下ろして、ちょっとあきれ顔になる。

「……なにしてるんや、顔にペンキなんかつけて」

「えっ、どこっ!?」

あたしがあわてて顔をこすると、ハルが「そこやって」とあたしのほっぺたを指さす。

「へへ、部室の壁をぬってたでの。打倒ＪＥＴＳ！　めざせ、全米制覇！　って書いたんや」

明るく言うあたしの顔を、ハルはじっと見つめる。そして、ふっと小さくほほえんだ。

「……こすったで、よけい広がってるが」

「うそぉ？」

とぼけた声を出すあたしの顔に、すっとハルの手がのびてきた。ほおにふれたハルの親指が、そっとペンキをぬぐう。

――しかたないなぁ、わかばは。いいで、じっとしとけ。

そんな声が聞こえてきそうな、ハルの顔。ちょっとあきれた、でも、あたたかい笑顔。

今、一瞬だけ、あたしのよく知ってる、いつものハルにもどった——なんて思った瞬間、いきなりうしろから大声が聞こえてきた。

「**あぁぁあ！　やっぱ、つきあってんじゃん！**」

ハルといっしょにふりかえると、そこに立っていたのは、腰に手をあてて、鼻息をあらくしている汐里。

「やで、幼なじみやって。のぅ？」

あたしがそう言うと、ハルもうなずく。

でも、汐里はじとっとした目で、あたしのほおを指さす。

「じゃあ、今のそれ、なに!?」

「あぁ。それはペンキを――」

あたしが言いきるのを待たずに、汐里はハルにずいっとつめよった。

「春馬くん。わかばは、ただの幼なじみなのね？」

「……あぁ、そや」

汐里のいきおいにちょっとおされながらも、ハルはさらっとこたえる。くりくりした目で、ハルの顔をじっと見あげた汐里は、またいつものように、ひとりで勝手になっとくして、「よし！」とうなずく。そして、さらっと言った。

「じゃあ、春馬くんのとなり、予約した！」

「……はぁ？」

あたしとハルの、間のぬけた声がかさなった。でも汐里は、にこっと笑って、あたりまえみたいにつづける。

「あたし、春馬くんとつきあうから！」

へ!?

「じゃあね！」

目を丸くするあたしとハルに、笑顔で軽く手をあげて、汐里は嵐のように走り去っていく。そのかろやかな足取りと背中を見つめて、ハルはぼそっとつぶやいた。

「……なんや、あいつ」

「ごめん。気にせんといて。ちょっとかわった子やで」

汐里のああいうのは、いつものことやし。

あたしが半笑いで言うと、ハルは――くすっと笑って言った。

「……なんか、おもしれぇな」

え？　あれ？　なに、その、意外に好感触な感じ。

あたしはちょっと驚きながらも、ハルの横顔を見あげる。ハルは、汐里の去っていったほうを向いたまま、小さくほほえんでいる。

……これは、あたしの知らんハルの顔や。

3 補習地獄と夢ノート

「えっ、もう振り付け考えたんか？」

翌日の朝、校門の前で会った汐里に見せられたのは、びっしりと書きこまれた振り付けノート。

「うん。けっこうむずかしいけど、これマスターできたら、なんとかイケそうな気がするんだよね」

昨日の練習後、「春馬くんとつきあうから！」なんて宣言していたから、みょうにモヤモヤしていたけど、結局、汐里の頭のなかは今、ダンスのことでいっぱいらしい。

あたしへの態度もいつもどおりやし……、なんや、びっくりして損した。

「さすが汐里や！　うわー、楽しみ！　早くおどりたい！」

ごきげんなステップをふみながら、あたしが気合い十分で廊下を歩いていると、すれちがった英語の杉原先生に呼びとめられた。

「おい、藤谷。どこ行くんや？」

「あっ、杉原先生！　チアダンス部の練習です！」

「チアダンス部？」

「はい！　あたしら、福井大会に出るんやって！」

「**いや、大会の前に、補習に出な**」

「補習？」

「なにしにわざわざ夏休みに学校来たんや。**おまえは、今日から英語の補習やぞ**」

……え？

あたしが目をぱちぱちさせてかたまっていると、横から汐里が白い目を向けてくる。

「わーかーばー？」

「う……、ま、まぁ、ささっと補習終わらせたら、すぐに練習にもどるで――」

あたしの言葉をさえぎって、杉原先生があきれ顔でつけたす。

「ちなみに、補習のテストで**六十点以上**とって合格するまでは、ずっと受けなあかんぞ」

六十点⁉　うそやろ⁉

「そんなん、先生の夏休みも終わってまうって！」

逆ギレ的なさけびもむなしく、あたしはすぐそばの補習室に無理やり連行される。

補習室には、すでに補習を受ける数人の生徒があつまっていた。あたしは、そーっといちばんうしろにすわろうとしたけど、杉原先生に「おまえはここや」と、いちばん前にすわらされた。

大会まで、あと一ヶ月もない。こんなことしてる場合じゃないのに！

くばられた英語のプリントを見ながら、あたしは机の下で地団太をふむ。そして、その流れで、こっそりダンスのステップをふむ。

「いきなり出おくれるとか、最悪や……」

ぼそぼそと文句を言っていたら、杉原先生に「こら！」と怒鳴られた。

「藤谷！ ぼーっとするな！ この英文、読んでみろ」

あたしはあわてて立ちあがって、黒板に書かれた呪文のような英文を、とちゅうでつまりながらも読みあげていく。

「えーっと……、ミケ、ハズ……」

「ミケじゃない、マイク」

「あっ、マイク、ハズ……、ベーン！」

「ベーンじゃなくてビーン」

……これ、本当に夏休み終わってまうんじゃ？

補習が終わるころには、もうお昼になってた。

こんなんじゃ、ほんと、なにしにわざわざ朝から夏休みの学校に来たんか、わからん！

補習室をとびだしたあたしは、一直線に部室をめざす。午前が補習でつぶれたせいで、かなり出おくれたけど、その分、午後の練習では二倍がんばらんと。

「みんな、おそくなってごめ……ん……」

あたしがあわてて部室にとびこむと、もちろん、あたし以外のメンバーは全員そろってた——けど、空気は最悪だった。

「しかたないが！　陸上だって大会近いんやで！　後輩もいるし、無責任なことはできん！」

「だからって、こんなに遅刻されたら、振り付けできないじゃん！」

ピンと張りつめた空気のなか、イライラしたようすで言い合いをしているのは、渚と汐里。

「かけもちでもいいって言ったのは汐里やろ!?」

「そんな半端な気持ちでやるなら、もう来なくていいから！」

「はぁ!?　なにそれ!?」

ちょっと聞いただけで、なにがあったのか、すぐにわかった。

あたしは、渚と汐里のあいだに、すばやく体をすべりこませる。

「あー、もう、ふたりともやめねや！　汐里もちょっとおちついて！　渚も、陸上終わったらこっちに集中してくれるやろうし。のぅ？」

でも、渚はすねたような顔でだまりこんでいる。それがまた気に入らなかったのか、汐里はますますいらだったようすでさけんだ。

「っていうか、渚だけじゃないよ！　イインチョウだって、妙子だって……、**それにわかば、あんたも！**」

「えっ……」

「だれも時間通りに来てないし！　初日からこんなんじゃ、大会で勝つなんて、絶対、無理！」

しんと静まりかえった、重たい空気の部室。沈黙をやぶるように、冷静に口をひらいたのは麻子だった。

「でも汐里、みんな、サボってるわけじゃない。それぞれ事情があるんや」

「そんなの――」

汐里が反論しようとしたとき、そろりと扉がひらいた。空気を読んでるような、読んでないような、微妙なタイミングであらわれたのは、紙袋をかかえたタロウ。

タロウは、あたしたちのようすを見て、一瞬で気まずそうな顔になる。あたしはそっとタロウのそばに行って、小声で耳打ちした。

「今、雰囲気、超悪いんやって。ここは、顧問らしくビシッと」

「え？　あ、あぁ……」

みんなの前に立ったタロウは、頭をかいて少し考えたあと、おずおずと一言。

「練習……、どうや？」

……なんやって、それ。ぜんぜんビシッとしてないが。

でも、タロウの手元を見た妙子が、急に「あっ！」と明るい声でさけんだ。

「先生、なんやその紙袋、さしいれ!?　アイス!?」

「えっ、うそっ!?　なんや、気ぃ利くがぁ！」

あたしが手を出して紙袋を受け取ろうとすると、ざんねんなことに、タロウは「いや、ちがう」と首を横にふった。

「これは……なんていうか……**夢ノート**や」

そう言って、タロウが紙袋から取りだしたのは、どこにでも売っていそうなふつうのノート。

ごていねいに、マジックででかでかと「夢ノート」「藤谷わかば」と、題名と名前まで書いてある。

……小学生かし。

「このノートに、夢を書いていくんや。大きな夢をかなえようとしたって、なかなかかなわない。でも、その一歩手前の目標、さらにその一歩手前の目標、さらにさらにその一歩手前の、かなえられそうな目標から、コツコツと達成していけば、大きな夢が、目標にかえられるんじゃないかと思うんや」

あれ。そういえば昔、お姉ちゃんが、そんなものを書いてたような。

めずらしく指導者っぽいことを言いだしたタロウに、
あたしたちがぽかんとしていると、
タロウはへにゃっと情けない顔になって言葉をつづけた。

「っていうのを……ＪＥＴＳがやってるらしい」

「つまり、ＪＥＴＳのまねってこと？」

「パクリかよ……」

汐里と茉希ががっかりしたようにこぼすと、
タロウがこまり顔で笑う。

「まぁ、まねっていうか、パクリっていうか……オマージュ？」

この際、言い方はどうでもいいけど。

「でも先生、夢はもう書いてあるよ、ほら」

そう言って、妙子が壁を指さす。『打倒JETS！』、そして、『めざせ、全米正覇！』改め『めざせ、全米制覇！』。壁をうめつくす文字と絵を見て、タロウはバツが悪そうに頭をかいた。

「あ、そうか……、じゃあいいか」

タロウはあっさりそう言って、ノートを紙袋にしまいなおして、そっと部室の棚のすみっこにおいた。

4 イインチョウの特別講義

記念すべき夏休みの初練習だったはずが、結局、なんだか微妙な空気のまま終わってしまった。

せっかく、部室もできて、いいスタートを切れたと思ったのに。

つぎの日も、そのまたつぎの日も、汐里はイライラしていて、部室の空気はピリピリしていて。

あたしが思いえがいていた、さわやかな青春じたての夏休みとは、ほど遠い。

しかも、午前中のあたしは、あいかわらず補習の日々。

「杉原先生、ちょっとくらい、おまけしてくれんかぁ……？」

「……いや、おまえの点数は、ちょっとおまけしたところで、あかんやろ」

ちなみに、今日のテストの結果は、二十四点。合格の六十点には、倍の点数とっても足りない。

そして、今日もやっぱり、あたしが補習を終えて部室の前までかけつけると、部室には険悪なムードがただよっていた。そっと扉のすきまからのぞくと、汐里がぷつっと音楽を止めて、みんなの前に仁王立ちする。

「**だーかーらぁ！　何回言ったらわかんの!?**」

汐里が大声でさけぶと、妙子が泣きそうな顔で小さくなる。

「……ごめんなさい。わたしのせいで」

「妙子だけじゃない！　琴はターンが逆回りになってるし、茉希もラインダンスのところから、まわりとどんどんズレてるの、わかってる？　最初に言ったアームのシャープさは、みんなもうわすれてるし！」

「でも、うちら素人やで。いきなりいろいろ言われても、うまくできんて」

麻子が冷静になだめるけど、汐里の怒りはおさまりそうにない。

「それでも、やんなきゃダメなんだって！」

「やで、今は——」

言い合いがヒートアップしかけたとき、あたしはすぅっと息を吸いこんで、いきおいよく部室の扉をあけた。そして、なるべく明るい声で言った。

「**おそくなってごめん！　さ、練習しよっさ！**」

あたしが笑顔で汐里と麻子のあいだにわりこむと、なにかを言いかえそうとしていた麻子が、ぐっと言葉を飲みこんで、いつもの冷静な顔にもどる。汐里も「……じゃあ、三分休憩したら、わかばも入れて、もう一回最初から」と、そっぽを向く。

……まぁ、とりあえず、この場はおさまったかなぁ？

でも、あたしもなんとかして、補習の分のおくれを取りもどさないと。このままじゃ、汐里のイライラが加速するいっぽうだ。

あたしが部室のすみっこで軽いストレッチをしながらそんなことを考えていると、麻子がそっと声をかけてきた。

「のぅ、わかば。補習って、そんなに毎日行かんとダメなんか？」

「ミニテストで六十点以上とらんと終わらんでの」

「今日は何点やったの？」

「二十四点」

あたしのこたえを聞いて、しばらくだまりこんだあと、麻子はきりっとした声で宣言した。

「……よし、特訓やの。**イインチョウの特別講義**や」

え？

その日の帰りに、そのまま連れてこられたのは、麻子の家――つまり、教頭先生の家。そう思うと、なんかドキドキする。あのソファーに、いつも教頭先生がすわってるとか、想像しただけでもそわそわする。

「でもさぁ、イインチョウ。家に帰っても教頭先生がいるって、気が休まらんのでない？」

あたしがたずねると、麻子はリビングにかざられた家族写真に目を向けて、小さく笑った。

「いちおう、親やでの」

「……ほやった」

通された麻子の部屋は、きちっと片づいていて、むだなものがほとんどない。ついついものがふえていくあたしの部屋とは大違いだ。

でもよく見たら、参考書の横に、かわいい雑貨がおかれていたり、アイドルのCDがならんでいたりする。クラスのみんなは知らない麻子の顔を見られて、なんだかうれしくなった。

「あ！　イインチョウ、あたしもこの曲、好――」

「わかば。今日の目的は勉強やでの」

……うぅ。このきびしい学級委員モードの顔も、ひさびさに見た。

とりあえず、今日やった英語の補習のプリントを麻子に見てもらうことになった。でも、あたしのプリントを見た麻子は、一瞬であきれ顔になる。

「……過去完了の文法がぜんぜんわかってないが」

「もうその日本語がよぅわからん」

過去で完了って、なんやし。過去はそもそも完了してるもんやが。

「じゃあ、もっと基本の過去形からやなぁ。『I live in Tokyo』の過去形は？」

「**I live in……Edo？**」

「……うそやろ」

麻子が「信じられない」って顔で、絶句してる。

「あれ？　ちょっとまちがった？」

だって、「東京」の過去っていうから。

けろっとしたあたしの顔を見て、麻子は「待って。どっから教えればいいか、考える」と頭をかかえてしまった。

麻子がなやんでいるあいだに、あたしはかたわらにおかれていた麻子の問題集を、ぱらりとめくってみた。ページをうめつくしているのは、呪文か暗号にしか見えない長い英文。あたしじゃあ、逆立ちしたって解けそうにない。

「こんなの解けるなんて、イインチョウは頭いいのぅ」

うわさによると、最近、麻子の成績はますます上がってるらしい。模試の結果を聞いたみんなが、びっくりしてた。

ダンスやりながら、夏期講習にも行って。麻子は本当に努力家や。

「でも、これだけ頭いいのに、なんであたしなんかと同じ西高に……あ、ごめん……」

デリカシーのない発言だったかも、と口をおさえるあたしに、麻子は小さく笑ってこたえる。

「べつに気にせんでいいよ。わたし、本番に弱いでの。プレッシャーに負けたんや。受験当日、おなかが痛くなって、ぜんぜん試験に集中できんかった」

「……ほうか」

あたしも福井中央高校の受験に失敗してるから、少し気持ちがわかる。それ以上は、なにも聞かなかった。

すると、急に麻子が「のぉ、わかば」と切りだした。

「汐里はたしかにがんばってる。でも、あれじゃ空回りや。それに東京弁て、うちらには、キツい感じに聞こえるやろ？　あんな言い方せんでもいいのにって、みんな、頭にくるんやって」

「……ほやのぉ。うちらがダメすぎて、イライラしてるしの」

麻子のほうも、汐里に対してイライラしてて、あたしにグチでも言いたいのかなと思ったけど、そうじゃなかった。麻子はいたって冷静な口調でつづける。

「汐里は、振り付けして、スケジュール管理して、部室を開け閉めして、ぜんぶひとりでやってるやろ。いそがしすぎて、よゆうがなくなってるんやと思う」

さすがイインチョウの称号は伊達じゃない。麻子は、部活全体のことをよく見ている。あたしが勝手に感心していると、麻子は意外なことを言いだした。

「わかば、部長にならん？」

……え？

「あ、あたしが、部長!?」

目を丸くするあたしに、麻子はまじめな顔でうなずく。

「汐里は、ダンス教えるので手一杯やろ？　みんなのことをまとめたり、もりあげたりするのは、わかばが適任やと思うんや」

「で、でも、部長て……」

もりあげるのだけはわりととくいだけど、まとめるとか、リーダーとか、そういうのはあんまり自信ない。

ごぞんじのとおり、ポンコツやし。

なのに、なぜか麻子は自信満々で「みんなにも、わたしが説明する。どうや？」と、顔をよせてくる。

「ま、まぁ……麻子やみんながいいなら……」

「よし、決まりやの。じゃあ、はよ補習に合格しぃね」

でも、麻子はもう一度あたしのプリントに目を落として、深くため息をついた。

「しかし、江戸ってなんやって……」

つぶやいてみたら、ちょっとおくれてツボったらしく、麻子はプリントで顔をかくしながら、しばらく肩をふるわせながら、笑いをこらえてた。

★

「やりましたぁあ！　合格したぁあ！」

あたしのさけび声が部室にひびく。

麻子の指導のかいあって、今日の点数は六十一点。ギリギリセーフ。

やっぱりあたし、やればできる子！

みんな、「信じられん」「奇跡や」と微妙に失礼なことを言いながらも、全力で祝福してくれた。

全員から「おめでとう！」「やったじゃん！」ともみくちゃにされて、あたしは「痛い痛い！」と、にやけながら文句を言う。

「イインチョウのおかげや！　ありがとう！」

「どういたしまして。でも、それなら八十点はとってや」

麻子があたしの肩をぺしっとたたいて笑う。

あぁ、長かった……！　でも、これで今日から思う存分、ダンスに打ちこめる！

あたしがそんな喜びにひたっていると、さらにうれしい知らせがやってきた。

「**おじゃましまーす！**」

部室の扉がひらいて、なかにとびこんできたのは、段ボールをかかえた、B組の柳沢有紀。

前に終業式でおどったときに、垂れ幕のロゴのデザインを手伝ってもらったから、部員のみんなも有紀のことは知っている。でも、チアダンス部じゃない有紀が、夏休みにわざわざ部室にやってきたので、みんな、きょとんとしていた。

あたしの前にやってきた有紀は、「はい！」と段ボールをさしだす。

「お待たせ、わかば！　**Tシャツ**、できたよ！」

「わー！　楽しみにしてたやつ！」

「ねえ、Ｔシャツって？」

あたしたちのやりとりに首をかしげる汐里に、あたしと有紀はふふっと笑顔を向ける。

「**ROCKETSのTシャツ！**　大会のときにいるやろ？　絵のうまい有紀に、デザインしてもらったんやって！」

有紀がみんなの前にできたてのＴシャツを広げてみせる。

「じゃーん！　どう？」

すると、みんなの目がかがやいて、「おぉおお！」という歓声がかさなってひびいた。

胸元に「ＲＯＣＫＥＴＳ」のロゴと、ロケットのイラスト。イメージどおりの、カンペキなしあがり。

「かわいい！　すごい！」

「絵、上手やのぉ……」

みんなにほめられて、有紀は「いやぁ」と照れ笑いを浮かべる。

「さすが有紀や！」

あたしがそう言って「ありがとう！」と頭を下げると、有紀は手にしたＴシャツをあたしの体にあてて、にっと笑う。

「これ着て、宇宙までビューンッと飛んでって！」

もちろん！　ジェット機やって、追いぬいてみせるでの！

あたしが「ビューンッ」と手をつきあげてふざけながらジャンプすると、みんなも同じように飛びはねて笑う。

「のぉのぉ、さっそく着てみよっさ！」

妙子の一声で、みんながTシャツを手に取る。そして、着がえるためにカーテンを閉めようとした、そのとき、窓の外に人影が見えた。

あれは……、チアリーダー部の一年生、芙美とカンナ？

「あ……あの子、こないだチラシ見てくれてた……」

窓の外を見て、渚がぼそっとつぶやいた。

それを聞いたあたしは、汐里と顔を見あわせる。そして、ふたりしてTシャツを持ったまま、あわてて部室をとびだした。

「待って、芙美、カンナ！」

目が合った瞬間、逃げようとしたふたりを、あたしは必死に呼びとめた。ふたりは、こまったような顔で立ちどまる。

「今度、大会出るんや。よかったら、見に来て」

あたしがほほえみながらそう言うと、芙美とカンナは、気まずそうに顔をふせた。すると今度は、あたしの横にいた汐里が、さらっと言った。

「ほんとはさ、やりたいんでしょ？　チアダンス」

いきなりのストレートな言葉に、ふたりはますます小さくなる。

「ちょっと汐里。話にはさ、順序ってもんが……」

あたしが汐里をひじでつつきかけたとき、カンナがためらいがちに口をひらいた。

「チアリーダー部のみんな、怒ってます」

カンナが、となりの芙美に「のぅ？」と同意をもとめると、芙美もえんりょがちにうなずいて、小声で言った。

「うん……。**わかば先輩は、裏切り者やって**」

……やっぱり、そうなんや。終業式でおどったとき、舞台をあきれ顔で見つめていた望やさくらの顔を思いだして、少しだけ胸が痛んだ。

「やがのぅ、でも――」

「すみません……。いっしょにおどりたい気もするんですけど、友だちや先輩に嫌われてまで……」

芙美はうつむいたままそうつぶやいて、軽く頭を下げると、カンナといっしょに足早に去っていく。

「つたく。すなおじゃないなぁ。やるならやる！　好きなら好きでいいじゃん！　ねぇ？」

ふたりの背中を見送った汐里は、あきれたようにそう言ったけど、あたしには、あのふたりの気持ちも、ちょっとわかるような気がする。

あたしは、胸にかかえたTシャツをぎゅっとにぎりしめて、小さくため息をついた。

5 部長誕生inエノキ食堂！

芙美とカンナのことはともかく、あたしもなんとか補習地獄を無事にぬけだしたし、おそろいのTシャツもできた。九月の大会に向けて、それからのROCKETSは絶好調……と言いたいところだけど、ざんねんながら、そうもいかない。

「はい、ストップストップ！」

汐里がパンパンと手を鳴らして、練習を止める。

夏休みももう半ばをすぎて、気づけば、九月頭の大会までのこされた時間はあとわずか。最近の汐里は、さらにピリピリしていた。

ちなみに、今日は、部室のすみっこにタロウもいる。でも、じっとあたしたちの練習を見つめているようすは、顧問というより、置物って感じ。今も、手をたたいて仕切りなおす汐里を、ただだまって見つめている。

「もう一回、サビ頭からカウントでいくよ。はい、5、6、7、8……」

「ちょっと待って。今の、どこが悪いんや？」

渚がたずねても、汐里はその問いかけにはこたえない。

「いいから、もう一度」

強引な汐里に、渚はいらだったようにさけぶ。

「言ってくれんと、なにをなおしたらいいかわからんのやけど！」

「あー、もう！　ぜんぶ！　リズムもバラバラ、腕の高さも足の高さもバラバラ！」

汐里の怒鳴り声を聞いて小さくなったのは、渚じゃなくて、そのとなりにいた妙子。

「……ごめん、わたしがリズムおくれて……」

妙子が泣きそうになって顔をふせると、琴が「妙子じゃないよ」とそっとフォローする。

「おちついて、汐里。もうちょっとていねいに言ってくれんとわからんって」

汐里をなだめようとするのは、いつも冷静な麻子。でも、大会が近づいてあせっている汐里は、
ますます機嫌を悪くする。

「ってか、みんな、家でも練習してる!?　だからあまいって言ってんの！」

こうなると、もういつものパターン。

「じゃあひとりでやれば？　悪いけど、あんたみたいにマジにはなれんでの」

キレた渚が、汐里に背中を向けて、部室を出ていこうとする。

でも今日、汐里に背中を向けたのは、渚だけじゃなかった。これまでの不満がつみかさなっていたのか、穂香や麻子、妙子や琴まで、渚につづいて部室を出ようとする。

「ちょ、待って待って！　本番までもうちょっとなのに、仲間われしてる場合じゃないって！」

あたしはあわててみんなを引きとめようとしたけど、渚は汐里を思いっきりにらみつけて、きっぱりと言った。

「もうついていけないって言ってるが」

渚の決意はかたいし、汐里もむすっとしたままだまっている。

このままじゃ、チアダンス部解散の危機や……。

「ちょっと、タロウもなんか言ってや！」

あたしがそう呼びかけると、タロウは「えっ」とあせったようすで、こまり顔のまま、汐里の前に立った。

「桐生。よけいなお世話かもしれんけど――」

「よけいなお世話です」

汐里にばっさり切りすてられて、タロウはあっさりだまりこむ。

ええい、タロウじゃ役に立たん！

あたしがあたふたしていると、意外なところから声がした。

「あんたら、こいつに文句言ってるだけやが。ガキかって」

汐里のそばに立って、吐きすてるように言ったのは、茉希。

そういえば、茉希は不機嫌そうな顔をすることはあっても、汐里の指導に文句を言ったことはほとんどなかった。今も、ひとりだけ部室を出ていこうとせず、汐里のとなりに立ちつづけている。

でも、茉希の言葉を聞いて、穂香がふんと鼻で笑った。

「そういうあんたは、汐里のことが好きなだけやろ。いじらしいのぉ、片想いって！」

その瞬間、茉希の顔色がかわった。

「**はぁ？　てめぇ、今、なんつった！**」

はじかれたようにさけんで、茉希が穂香につかみかかる。

「ちょっ、あぶないって！　やめてやぁ！」

あたしはとっさにふたりを止めに入ろうとしたけど、体をひねって逃げてきた穂香とぶつかった。そのひょうしに足下がぐらついて、あたしはその場にたおれこむ。

「いったぁ!?」

「藤谷！　だいじょうぶか！」

タロウがあわててあたしにかけよってくる。

さいわい、頭をぶつけたりはしなかったし、あたしはだいじょうぶ……だけど、茉希は、まだ穂香につかみかかろうとしている。

「あぁ、もうやめよう！」

妙子のさけび声が、部室にむなしくひびく。

入りみだれる怒鳴り声や悲鳴は、もうどれがだれの声だか、わからない。止めに入ろうとしたみんなも、もみくちゃになっていて、もう部室は大パニックだ。

……あぁぁぁ。どうして、こんなことに？

ぐちゃぐちゃな光景。ぐちゃぐちゃな頭のなか。ぜんぶ空っぽにするみたいに、あたしは大きく息を吸いこんで──、一気にぜんぶ吐きだした。

「うぁあああああ！」

あたしがとつぜん大声を出したので、みんながびくっとしていっせいに動きを止める。

「わ、わかば……？　どうした？」

あたしは息を切らしながら、不安そうな顔をしているみんなに向かって、力強く、真顔で言った。

「おなか空いた！」

羽根がパリパリに焼けた、具だくさんの餃子。丸いお皿に山盛りの、いい香りの湯気をまとったチャーハン。濃厚な甘酢だれが光る酢豚に、熱々の小籠包。パプリカやもやしも入った具だくさんのチンジャオロースに、絶妙な辛さの麻婆豆腐。
あたしたちの目の前のテーブルには、おいしそうな中華料理がずらりとならんでいる。

「うっまぁ！　幸せ！」

あたしは、上品さのカケラもないいきおいで、ガツガツと絶品の中華料理を口に運んで、心の底からさけぶ。やっぱり、ハードな練習のあとに食べるごはんほどおいしいものはない。

みんなも、つぎつぎと運ばれてくる料理に、部室での険悪なムードもわすれて、すっかり顔をほころばせている。

「おなか空かせて練習しても、いいことないの」

「そうだね」

麻子と汐里が、しみじみと言葉をかわしあう。

ところで、こんなにたくさん注文して、ちゃんとお金をはらえるのか――という点は、まったく心配ない。なんせ、ここは妙子の実家。学校の近くの中華屋さん、エノキ食堂。

「妙子んとこのへしこチャーハン、最高やの！」

ちなみに、へしこというのは、サバやイワシの塩漬けをさらにぬか漬けにした郷土料理で、福井県の名物。チャーハンにすることで、魚のうまみがごはんにしみこんで、それがまたごま油の風味と合わさって、深い味わいの一品になる。あたし、これ、いくらでも食べられそう……。

「やって。お父さん、みんなうちのメニュー気に入ってくれてよかったの」

妙子が厨房に向かってそう言うと、中華鍋をふるっているやさしそうなお父さんが、にっと笑う。

「そりゃよかった。みんな、妙子と仲良くしたげてな」

「はい！　もちろんです！」

「でもこいつ、みんなの足引っぱってるんでないか？」

あたしが半笑いで「いやいや」とこたえるより先に、となりにすわる汐里が、けろっとした顔で口をひらく。

「それはまぁ――**痛っ!?**」

思いっきり足をふみつけて、なんとか汐里の言葉をさぎった。よけいなこと言わんの！

汐里の失礼な言葉が聞こえたんじゃないかとハラハラしているあたしに、妙子のお父さんは、まぶしい笑顔を向ける。

「妙子の友だちならいつでも大歓迎やで、いっぱい食べてってな！」

なんていい人や！　ここは天国かって！

おいしい料理でおなかが満たされたら、少しおちついた。あたしだけじゃなくて、みんなもさっきよりもずいぶんとおだやかな顔をしている。やっぱり、空腹はイライラの大きな原因や。

そんななか、すっと麻子が手をあげて言った。

「あの、わたしからひとつ、みんなに提案があるんやけど……。まだ部長を決めてなかったけど、**わかばに部長をやってもらうのはどう？**」

その言葉に、みんなが目を丸くしてこっちを見る。注目されたあたしは、頭をかきながら照れ笑いを浮かべた。

「みんなも知ってるとおり、あたしはポンコツやし、ぜんぜん自信はないけど……、やったらいいんでない？　ってイインチョウが」

気弱なセリフだったけど、みんな、意外とあっさり「いいと思う」「うん」「いいんでない」と受け入れてくれた。

「……まぁ、だれかさんよりはマシやろ」

渚がぼそっとそんなことをつぶやいたけど、すぐに麻子に「もうそういうのいいって」とたしなめられる。

あとは——みんなの視線が自然と汐里のほうに向かう。でも汐里は、けろっとした顔でうなずいた。

「たしかにいいかも。そのほうが、あたしも振り付けに専念できるし！」

これで全員の許可は出た。こんな意外な場所で、部長に就任するとは思ってなかったけど――。

「じゃあ……やってみようかな」

あたしがそう言うと、みんながゆるく拍手をする。

すると、とたんに麻子が、仕切り屋のイインチョウの顔になって立ちあがり、あたしにびしっと手を向けた。

「それでは、ROCKETSの初代部長からひとこと！」

「むぐっ!?」

いきなりふられるとは思っていなかったから、油断して、食事を再開してた。口いっぱいにほおばったチャーハンをあわてて飲みこみながら、あたしは立ちあがる。

「えーと、あの……、大会までのこされた時間は少ないし、あせる気持ちはわかるけど……」

うまく言葉にするのがむずかしくて、一瞬、言葉につまる。でも、部長らしく、というよりは、あたしらしく、今の思いを、まっすぐみんなにぶつけた。

「あたしは……、できっこない夢に、一歩でも近づきたいんや」

「全米制覇！」

相づちを入れるように、汐里が手をあげてさけぶ。あたしは汐里に「うん」とうなずいて、みんなの顔を見まわす。

「JETSかって、最初は全米制覇できるなんて思ってなかったやろうし、それはうちらもいっしょ。**全米制覇！　言うのはタダや！**」

「ほや！　言うのはタダや！」

今度は、渚がいつもの軽い調子でノッてくる。

あたしは、びしっと右手——というか、右手に持ったままだったレンゲをつきあげて、力強く宣言した。

「**まずは福井大会、全力でやろっさ！**」

みんなの「おー！」というかけ声と拍手をあびながら、あたしはもう一度席に着く。そして、またチャーハンを口に運ぶ。

「よし！　大会に向けて、もっとスタミナもつけなきゃね！　妙子！　餃子追加で！」

汐里がそう言うと、麻子や茉希、渚が「あたしも！」と手をあげる。

「いやぁ、みんな、よく食べるのぅ」

チャーハンをたいらげたあたしが、汐里たちを見ながら笑うと、妙子がふしぎそうな顔をする。

「あれ？　わかばは？」

「あたしはだいじょうぶ。夕飯あるし」

さらっとこたえると、空気がかたまった。

きょとんとしているあたしを見て、穂香が、おそるおそるたずねてくる。

「待って、わかば。これだけ食べて、帰ってから、まだ夕飯食べる気なんか……？」

「ほうやけど」

あたしが「逆に、みんなは食べないの？」と目を丸くしていると、妙子が「さすが部長……」とつぶやいて、その場にいた全員が、げんなりした顔になった。……えっ!?

6 はじめての大会

そしてむかえた、九月一日。第十三回チアダンス選手権、福井大会。

今日までに十分な練習ができたとは思わないけど、汐里の考えた振り付けはかっこいいし、みんな、夏休みの最初よりは、ずっと上達した。その成果が——あたしたちの実力が、今日、ここでためされる。

会場の県民ホールには、福井県のほぼすべてのチアダンス部があつまっている。つまり、すれちがう高校生は、みんなライバル。

あたしたちは、自分たちの出番を待ちながら、客席にすわって他校のステージをながめていた。

今まであまり意識してこなかったけど、ＪＥＴＳの影響もあってか、福井にはチアダンスに力を入れている学校がほかにもある。ＪＥＴＳ以外のチームも、十分レベルが高い。

……なんか、だんだん緊張してきた。

気をまぎらわすために目を横にやると、ほかのチームがステージに向かって声援を送っている。

それを見て、渚がふしぎそうな顔になった。

「なんでほかのチームを応援してるんや？」

その質問にこたえたのは、真剣な顔で舞台を見つめている汐里。

「たとえそれがライバルチームであっても、心からエールを送って相手をたたえる。それがチアダンスのスピリットなんだよ」

「へー……」

たしかに、ふだん渚がやってる陸上競技では「相手に勝つ」っていうのがメインで、ここまで相手チームを応援したりはしないだろうから、めずらしく見えるかもしれない。

そして、さっきから気になっているのが、麻子のこと。会場に着いてから、何度もトイレに行ったり、きょろきょろしていたりで、ずっとおちつきがない。そういえば、本番に弱いって言ってたっけ。

「イインチョウ、だいじょうぶ？」

トイレからもどってきた麻子に、妙子が声をかける。麻子はいちおう「うん」とこたえたけど、その顔はまっ青。心配やのぅ……。

プログラムを見ると、つぎは、いよいよＪＥＴＳの演技。アナウンスが、「つづきまして、県立福井中央高校チアダンス部、ＪＥＴＳです」と紹介した瞬間、一気にワッと会場がわいた。

さすがの人気。きっと今日、ＪＥＴＳの演技を見るために来た、っていう人も、たくさんいるんだろう。

これが、あたしたちがこえなきゃいけない壁。あたしは、今までよりも集中してステージを見つめた。ライバルの姿を目に焼きつけて、研究してやるつもりで。

でも、曲がかかって、いっせいにポンポンが動いたその瞬間から、二分半――あたしは、なにも考えられなかった。

ライトＬ、レフトＬ、ハイＶ、ローＶ。どれも、動き自体は同じはずなのに、ほかのチームとはぜんぜんちがって見える。腕の高さや、タイミング。細かいところまで、ぴったりとそろっていて。でも、ひとりひとりがきちんとかがやいていて。はげしい動きをしていても、自然な笑顔は、まったくくずれない。

「……わかってたけど、すごすぎる」

あたしは、この感覚を知ってる。八歳のころ、お姉ちゃんといっしょに公民館のモニターで見て、心がふるえた、あのときと同じ。胸の奥が、ちりちりと燃えるように熱くなる。

最後に、センターの子がポンポンをかかげて、高くジャンプした。見事なフィニッシュ――それは、だれが見てもわかる、圧倒的な演技だった。

今日いちばんの拍手がまきおこるなか、みんなもぼうぜんとした顔でつぶやく。

「あれ、同じ高校生……？」

「うちらとぜんぜんちがう……」

ふだんはあんまり表情をくずさない茉希や琴も、明らかに動揺してる。なんか、もうすでに負けたみたいな空気……。

「このあとに出て行くなんて……」

麻子が青ざめた顔でつぶやいたけど、暗いムードをふりはらうように、汐里がポンポンを持ってすっと立ちあがった。

「**さ、みんな行くよ！**」

汐里の呼びかけに、あたしたちも覚悟を決めて立ちあがる。そして、それとほぼ同時に、すみっこにすわっていたタロウも、そっと立ちあがる。

「あの、みんな――」

タロウがなにか言おうとしたけど、言葉のつづきは、「ポンポン持ったぁ!?」という汐里の声にかき消された。タロウがしゅんとしてすわりなおすのを横目に見つつ、あたしもみんなといっしょに舞台袖に向かう。

さぁ、あたしたちの初舞台や！

★ ♪ ★ ♬

「つづきまして、福井県立西高校チアダンス部、ROCKETSのみなさんです！」

準備を終えて、あたしたちが舞台袖にひかえていると、アナウンスが聞こえてきた。

あたしたちは、ポンポンを持って円陣を組みながら、深呼吸をする。今日の衣装はもちろん、おそろいのROCKETSオリジナルTシャツ。

「練習通りやれば、絶対いける！　おちついていこう！」

汐里の声に、みんな、静かにうなずいた。

よし、じゃあ、「We are ROCKETS!」のかけ声を——と思ったら、あたしが息を吸いこんでいるうちに、みんな、さっさと舞台に向かって歩いていってしまった。

えっ、あ、あれ!?　そういうの、やらんの!?

「ちょっ、みんな、待っ……」

小声でつぶやきながら、みんなを追いかけて、舞台に足をふみだした瞬間、あたしの目に、まぶしいライトの光がとびこんできた。

痛いくらいの光の先には、客席をうめつくすたくさんの人の姿。さっきまでJETSを見ていた目が、今は、あたしたちを見ている。

お客さん、こんなにいっぱいいたんや……。っていうか、舞台って、こんなに広かったっけ？

なんか、だんだん鼓動が速くなってきた……。

チアダンス部として、はじめて立った舞台。今からはじまる二分半が、夢への第一歩になる
——あたしは、ポンポンを持つ指先に力をこめて、小さく息を吸いこんだ。

流れだした曲に合わせて、頭のなかでカウントする。
1、2、3、4——！
高くポンポンをかかげて、ROCKETSのはじめての演技がはじまった。

あたしもみんなも、緊張しきっていて、たぶん、笑顔はぎこちない。それでも、出だしはなんとか、それなりにそろっていた。夏休みの練習のかいあって、振り付けがむずかしい最初の山場も、いちおう、形にはなっている。

でも、ポンダンスからラインダンスにうつるあたりで、少しずつ、あたしたちのダンスがくずれだした。

一列にならんでキックをはじめるはずが、妙子がいない。どうやら、移動でパニックになった妙子は、その場で立ちどまってしまったらしく、ひとり、合流がおくれていた。

「ご、ごめん……！」

小声であやまりながら、あわてて妙子も列にくわわったけど、けりあげたラインダンスの足はみだれて、高さもタイミングもバラバラ。

そして、小さなミスが、またつぎのミスを生む。

今度は、ヒップホップのフォーメーションへの移動中に、渚と麻子がぶつかった。バランスをくずしてすわりこんだ麻子は、そのまま立ちあがれない。

それを見て、琴の動きがぴたりと止まった。妙子も、半泣きでおろおろしている。さらに、それに気を取られた穂香が、茉希に衝突する。

「ちょっと！」

いらだった茉希のダンスはすっかりみだれて、穂香も、ダンスそっちのけで茉希をにらみつけている。

あぁ、もう！　みんな、なにしてるんやって！

だれもまともにおどれていない状況に、あたしのダンスもズレはじめた。あわてて立てなおそうとしたけど、完全にパニックになってしまって、曲がぜんぜん耳に入ってこない。

かわりに聞こえてくるのは、笑い声。

思わず客席のほうを向くと、バカにしたような顔で笑う望やさくらの姿があった。横には、顔をしかめた一年生の芙美とカンナ。そして、べつの席にはハルの顔も見えた気がする。

——西高の恥さらしやの。

あきれた顔のみんなから、そんな声が聞こえてくるみたいで。

耳をふさいで目を閉じて、もうこのまま、逃げだしてしまいたい——一瞬、そう思ったけど、汐里の声で我に返った。

「ほら、しっかりがんばって！」

……そうや。こんな状況でも、汐里は前を向いておどっている。まだ、演技は終わってない。

せめて、最後まで、やりきらんと。

「だいじょうぶ、つづけよう！　ほら！」

あたしもみんなに声をかけて、ズレたまま、なんとか最後までおどりつづけた。でも、みんなの心も動きも、もうすっかりバラバラで、とてもチアダンスの形にはなっていない。JETSをはじめとする他校のチームが送ってくれるおしみないエールさえ、今はむしろ、胸に痛い。

こうして、あたしたちの最初の大会は、なにひとつできないまま、あっけなく幕を閉じた――。

★ ☆ ♪ ★ ☆ ★ ♬

ショックをかくしきれないまま、なんとか帰り支度はすませたけど、みんなの足取りは重たい。

会場のロビーのすみっこにあるベンチにすわって、ただただうつむいている。

舞台を下りてから、だれもなにも言わない。言えない。

タロウも、ただじっとあたしたちを見つめているだけ。

「……全米制覇なんて、無理や。ぜんぜん無理や」

小さな声でそうつぶやいたのは、渚だった。

その言葉が引き金になったのか、今度は妙子が、今にも泣きそうな顔になって頭を下げる。

「みんな、ごめんの……わたしなんかがいたせいで……」

琴が小さく首をふって、「わたしもまちがえた……」と消え入りそうな声で言った。

「親も来てたのに、めっちゃ恥かいたわ……」

ぼそっとつぶやいたのは、穂香。いつもよりきれいにセットしていた髪の毛も、すっかりくずれている。

穂香といちばんはなれた場所にすわった茉希は、腕を組んでだまりこんだまま。でも、その横顔は、怒っているようにも、くやし涙をこらえているようにも見えた。

「あたしらなんかが、JETSに勝つとか……、はじめからできるわけなかったんやって」

ちょっと投げやりにつぶやいて、渚がすっと立ちあがる。

「**もうやめよっさ**」

そう言いのこして、渚はそのまま会場の出口へ歩きだす。

汐里は「えっ」と顔を上げたけど——結局、なにも言わなかった。いつもだったら、強引なくらいの言葉で渚に文句を言って、ケンカになるところなのに。今は、ただ静かに渚の背中を見送って、うつむいている。いつもの自信をうしなった汐里は、だれよりも気弱で、はかなげに見えた。

「うちらなんかに……、そんな夢、見る資格なかった」

声をふるわせて、ひざの上でぎゅっとこぶしをにぎったのは麻子。

そして麻子は、ゆっくりと立ちあがった。穂香も、茉希も、妙子も、琴も、みんな、それにつづく。

会場を出ていこうとするみんなの背中を見て、あたしの胸の火も、もう消えかけていた。

……ほやの。もう無理や。

あたしも小さく息をついて、ゆっくりと立ちあがった。あたしが軽く肩に手をそえると、となりで汐里も立ちあがる。

「おい……、藤谷、桐生……」

気づかうように、そっとタロウがあたしたちに声をかける。あたしは、力のない笑みを浮かべて、汐里といっしょに、タロウに頭を下げた。

「先生。今までつきあってくれて、ありがとう。むだな時間使わせて、悪かったの」

たとえ、まきこまれてしかたなくやったとしても、顧問になってくれて、無茶な夢を応援してくれて、あたし、うれしかったでの。

あたしと汐里は、タロウに背中を向けて、急ぎ足でみんなのもとへ向かう。

帰ろう。あたしたちの「できっこない夢」は、これで終わりや——そう思った瞬間。

「ほんとに、それでいいんか？」

うしろから声がして、あたしたちは足を止める。会場を出かかっていたみんなも、同じように足を止めた。

八人みんなでふりかえると、タロウが、見たことないようなきびしい顔で、こっちをまっすぐ見つめていた。

「最初から、うまくいくと思ってたんか？」

いつもと雰囲気がちがうタロウに、みんな、なにも言えずにだまりこむ。

するとタロウは、ひとりひとりの顔を見まわしたあと——とつぜん、凛とした声で、汐里の名前を呼んだ。

「桐生汐里」

「えっ？　あたし？」

「返事！」

「は、はい……」

ふしぎそうに返事をする汐里を見つめて、タロウはそっと口をひらいた。

「……おまえはさ、もっとまわりを見て、みんなの気持ちを考えてやれ」

「え？」

「ここまでひとりで引っぱってきて、たいへんやったよな……。でも、今のままじゃ、おまえの思いはだれにもつたわらん。それは、おまえがいちばんわかってるはずや」

タロウは、きょとんとしている汐里から視線を横にずらして、今度は麻子に呼びかける。

「**桜沢麻子**」

「は、はい」

「本番は緊張したか」

「えっ……」

「教頭先生から聞いた。本番に弱い。それが、おまえの今の実力だ。……でも、おそれるな。練習をつみかさねていけば、自信が生まれる。その自信が、おまえを強くしてくれる。やで、自分を信じろ」

麻子は小声で「……はい」と返事をして、小さくうなずく。

そしてタロウは、部員ひとりひとりの顔を見ながら、順番に呼びかけをつづけた。

「**柴田茉希**」

「……はい」

「おまえのダンスは、たしかにかっこいいな。テクニックも抜群や。やけど、協調性がゼロ。あれはチアダンスじゃない」

茉希は、反射的にむっとした顔になって、タロウをにらむ。でも、タロウはまっすぐに茉希を見つめたまま、静かな声でつづけた。

「仲間を信じて、肩の力をぬいてみろ。柴田のダンスは、ROCKETSのなかで、もっともっとかがやけるはずや」

少しおどろいた顔をした茉希は、口をへの字にむすんだまま、あたしたちの顔を見まわした。

「**栗原渚**」

「はい！」

「雑だな」

「えっ!?　それだけ!?」

がっかりしたような反応をする渚に、タロウは小さくほほえんでつづける。

「おまえのおどりはのびやかで、だれにも負けない迫力がある。でも、大ざっぱや。元気なダンスと、雑なダンスを、審査員は決してまちがえたりせん」

自分でも思いあたる部分があったのか、渚はちょっとバツが悪そうにうつむく。

「**橘穂香**」

「はい」

「人の好き嫌いが、ステージに出てる。ライバルチームも全力で応援するんが、本物のチアスピリットやろ。自分とちがう個性を受け入れてみろ」

穂香は、横目でちらりと茉希の顔を見て、気まずそうに目をふせた。

「**榎木妙子**」

「は、はい……、ごめんなさい……」

「それや。すぐあやまるな。なんの基礎もない初心者から、ここまできたおまえはすごいよ。もっと自分をほめてやれ」

妙子は「えっ……」とつぶやいたあと、照れたような顔で、小さくうなずいた。

蓮見琴「……はい」

「もっと大きな声で！」

「は、はい！」

いきなり怒鳴られて、びくっとしながらあわててもう一度返事をした琴に、タロウはやさしく笑いかける。

「いい返事や」

「えっ……？」

「おまえも胸には熱いもんを持ってるはずや。でも、見てる人につたわらな、意味がないやろ？」

琴は、はっとしたような顔をしたあと、自分の胸にそっと手をあてた。

そしてタロウは最後に、あたしのほうを向く。

「それから——**藤谷わかば**」

「はいっ！」

あたしは、なにを言われるんやろ。ちょっとドキドキしながら、だれよりも大きな声で返事をした。

すると、あたしの顔をじっと見て、タロウがひとこと。

「**バカが足りん**」

……え？

「**い、今よりバカに!?**」

あたしが目を丸くしてさけぶと、タロウはくすりと笑って言った。

「そう、もっともっと、バカになれ。これから、もっとでっかい壁にぶちあたることがある。でも、それに気づかないで、明るく笑ってられるぐらいの、バカになれ。それが、みんなの、ROCKETSの希望になる」

バカが希望。タロウの言うことは、いまいちわからん。

でも、その言葉は、なんだか胸にしみた。

だまりこんだあたしたちに見つめられて、タロウは照れたように頭をかく。

そしてタロウは、あらためて、あたしたちの顔を見まわした。

「あのな、俺、『わたしなんか』っていう言葉が、どうしてもゆるせないんや。おまえら、ほんとにあきらめていいんか？　夢を持つってのはすごいことや。えらいことや。おまえらは、すばらしいんや」

タロウは、かみしめるようにそう言って、ぐっとこぶしをにぎった。

「失敗したって、いいじゃないか。夢にたどりつくためには、どん底から、ひとつひとつ、のりこえていけばいいんや。やで、目の前の失敗から、逃げちゃダメや」

その瞬間、タロウの目は、だれよりも熱い、熱血教師の目になっていた。でも、すぐにまた、いつものへにゃっとしたたよりないハの字眉の笑顔にもどる。

「……すまんの、よけいなお世話やったな」

小声でそう言いのこして、タロウは去っていく。

それぞれにタロウの言葉を受け取ったあたしたちは、結局、駅の近くでわかれるまで、だれもしゃべらなかった。

でも、あたしの胸の奥では、消えかけていたはずの火が、静かにゆれている気がした。

家に帰ると、愛犬のタロウが、あたしを出むかえにとびだしてきた。

「……ただいま、タロウ」

玄関でタロウをなでまわすあたしを見て、お母さんが心配そうな顔で問いかけてくる。

「おかえり、わかば。どうやった、大会？」

「あぁ……うん……」

あたしがタロウをなでる手を止めずに、うわの空な返事だけすると、お母さんは少しざんねんそうに息をついたあと、いつもどおりの声で言った。

「……ごはんにしようかね」

「うん……」

部屋にもどる前に、あたしは洗面所によって、手を洗って、うがいをして——バッグをあけた。

なかから取りだしたのは、大会で着ていたＴシャツ。

汗で汚れて、しわのついたTシャツ。胸元にきざまれた、ROCKETSの文字と、ロケットのイラスト。あたしはそれをぎゅっと丸めて、洗濯カゴに放りこんだ。

部屋にもどって私服に着がえたあと、リビングに移動すると、同じタイミングでお父さんもやってきた。そのまま三人で晩ごはんを食べたけど、気を遣っているのか、ふたりとも、大会のことは話題にしない。

「あれやなぁ、タロウは最近、ココちゃんが好きみたいやの。あの、公園でよく会う、チワワの」

「あ、そういうこと? どうりで今まで嫌がってたのに、毎日、散歩行きたがるんやって」

「ほやろ。まちがいないわ」

お父さんとお母さんの、他愛もない話。テレビから聞こえてくる、芸能人の笑い声。ぜんぶ、ちゃんと聞こえてはいる。でも、頭には入ってこない。食べているのも、いつもと同じおいしいごはんのはずなのに、味も感じない。

頭のなかは、今日のことでいっぱいだった。

目標に「打倒JETS」をかかげて以来、はじめて真っ正面から向きあった、JETSの演技。子どものころからあこがれつづけていた、圧倒的なパフォーマンス。ゆるぎないチアスピリット。

それに引きかえ、あたしたちはどうやった?

へたくそなのも、失敗したのも、笑われたのも、くやしい。

でも、それ以上に、自分がとちゅうであきらめてしまったことが、情けなくて、くやしくて。

もう二度と、あんな思いはしたくない。

そのとき、あたしの頭のなかに、タロウの声がよみがえってきた。

――目の前の失敗から、逃げちゃダメや。

気づいたら、あたしの目から、ポロポロと涙が落ちていた。会場では泣かなかったのに、なんで今になって。でも、あふれだす涙が止まらない。


ダメだ。ちがう。泣いてる場合じゃない。

バカになれ。もっと、もっと。壁にぶちあたっても、気づかず、明るく笑ってられるぐらいの、バカに！


「わかば……？」

「な、なんか、まずいこと言うたか……？」

あわてているお父さんたちをよそに、あたしはぐいっと袖口で涙をぬぐって、バンとお箸をおいた。そして、いきおいよく立ちあがって、さけんだ。

「ちょっと、出かけてくる！」

★♪★♬

全速力で夜道を走りぬけて、たどりついた場所は、学校。しまっている門をのりこえて、一直線に、校舎裏の部室へ向かう。

はぁはぁと息を切らしながら、立て付けの悪い部室の扉を、思いっきりあけた。

だれもいない、まっ暗な部室。月明かりとスマホの灯りをたよりに、棚においてあった紙袋をさぐる。

なかから取りだしたのは、いつか、タロウがおいていった夢ノート。

ノートの表紙には、タロウの字で、部員たちの名前が書いてある。ひとりひとりの名前が、ていねいに、ちょっと不器用な字で。

そのなかにあった「藤谷わかば」のノートをひらいて、あたしは近くにあった太い油性ペンで、その一ページ目に、大きく書きつけた。

『打倒JETS！　全米制覇！』

壁に書いてあるから、「制覇」の字も、もうまちがえん。

あたしがペンをおいて、ふーっと息をついたとき、あたしのそばに、急にぬっと人影があらわれた。思わず悲鳴を上げそうになったけど、そこに立っていたのは、見なれた顔――汐里だった。

「汐里……？」

汐里も、あたしの姿を見て目を丸くする。

「わかば……、来てたんだ……」

そうつぶやいて、汐里は、さっきのあたしと同じように、紙袋から自分のノートを取りだした。

そして、ノートの一ページ目に、大きな文字をきざむ。あたしとまったく同じ言葉――同じ夢を。

ペンをおいて顔を上げた汐里は、あたしに向かって、にっと笑いかける。あたしも、思わず笑みをこぼす。

そのとき、こつっと足音が聞こえた。ふりむくと、部員のみんなが、部室の入り口に立っている。

「麻子、渚、妙子、穂香、琴……、それに、茉希も……」

みんなは、ひとりずつ棚に近づいて、あたしたちと同じように、自分の名前が書かれたノートを手にしていく。

「……くやしくて、じっとしてられんかった。今回は失敗したけど、つぎはうまくおどりたい」

おちついた、でも力強い声で、麻子が言う。

「あんなみじめな思いして、このまま引き下がれんがのー？　絶対、うまくなる！」

勝ち気なアスリートの顔をして、渚が言う。

「わたしもくやしい……もっと、うまくなりたい！」

ぐっとこぶしをにぎって、穂香が言う。

「……わたしのせいで終わるのは、いやや」

鼻息をあらくして、妙子が言う。

「……ほや。ここで終わってたまるかって」

静かな情熱を燃やして、茉希が言う。

そして最後に、顔をふせてだまっていた琴が――。

「**くっそぉおおぉお！**」

いきなり大声でさけんだ。はじめて聞いた琴の大声に、みんな、ぎょっと目を見ひらく。あの無口でおだやかな琴が、きれいな顔をゆがめながら、感情を爆発させている。

「**くやしいっ！　絶対……、絶対、こんなところで終われん！**」

こんな琴、はじめて見た……。

でも、ふと、タロウが琴に言っていた「おまえも胸には熱いもんを持ってるはずや」という言葉を思いだした。ひとしきりさけんだあと、琴は、あたしたちに向かって、小さくはにかんでみせる。

夜の部室にあつまった八人。みんな、きっと同じ気持ちをかかえてる。

「よし！　みんなの思いはひとつやの！」

あたしが明るくそう言うと、汐里がふふっと笑って、いたずらっぽく言う。

「でもさ、みんな、そんなこと言って、ほんとに練習ついてこられるの!?」

「ついていくし！」

だれより先に、力強い返事をしたのは、渚だった。つづけてみんなも、「がんばる！」「うまくなる！」と口々に返事をする。

汐里とあたしは、顔を見あわせて、にっと笑った。

「よーし、じゃあ、みんなも夢ノート書こ！」

こうして、全員の夢ノートの一ページ目に、同じ言葉がならんだ。あまりにも大きな、でも、絶対にかなえたい、あたしたちの夢。

そして、つぎのページに、それぞれ、明日の小さな目標を書きこんでいく。円を描くようにみんなであつまって、まるで修学旅行の夜みたいにもりあがる。

「みんな、なんて書いた？」

あたしがたずねると、妙子が、みんなの前にどんとノートを広げる。

「『おやつ我慢』！」

そのこたえを聞いて、渚がぷっとふきだした。ほかのみんなも、笑いをこらえている。そのようすを見て、妙子がまっ赤な顔で怒りだす。

「笑わんといて！　つみかさねが大事なんやで！　そういう渚は!?」

「ごめんごめん、ちょっとかわいかったで。あたしは、『家で復習する』！」

つづいて、琴が『一日十回笑う』、汐里が『なるべく怒らない』という目標をかかげる。

そして、穂香は——。

「『しいたけを食べる』！」

……え？　なにそれ？

ぽかんとするあたしたちに、穂香はちょっと照れたような顔でつけくわえた。

「まぁ、つまり……、**好き嫌いをなくすってこと！**」

そう言って、穂香はちらりと茉希に目を向けた。茉希は、ちょっととまどってはいたけど、いやな顔はしなかった。そして茉希も、そっと自分のノートをみんなの前にさしだす。

そこに書かれていたのは、シンプルな言葉。

「**『もっとしゃべる』**」

その目標に、みんなから「おぉお……」と感動したような声がもれた。照れくさくなったのか、茉希はすぐにノートを引っこめてしまったけど、そのようすを見て、穂香も小さく笑っている。

……このふたりの距離も、ほんの少し、近づいたかな？

「えーと、あと、イインチョウはー……『模試でトップ』!?」

となりの麻子のノートをのぞきこんで、あたしは思わず声を上げる。

「それ、全米制覇に関係ある？」

首をかしげる汐里に、麻子は力強くこたえる。

「父親をだまらせて、ダンスに打ちこむため！」

なるほど。みんなからも、また「おぉお……」と感動の声がもれる。

でも、麻子ならきっとトップにだってなれるはず。なんてったって、あたしの特別講師やでの。

「で？　そんなわれらが部長の、わかばは？」

麻子にたずねられて、あたしは円のまんなかに、どんと自分のノートを広げた。

「あたしはね、**『タロウを先生と呼んであげる』！**」

みんなは「ちっさい目標やの！」「呼んであげる、って、なんで上から目線やし」なんて、笑っている。よく考えたら、たしかにおかしな目標で、自分でも笑えてくる。

でも、こうしてあたしらがここにあつまれたのは、タロウのおかげ。大きな目標を達成するには、目の前のことから逃げずに、小さなことからコツコツと。それを教えてくれたタロウに、感謝……はちょっと大げさやで、とりあえず、呼び方をかえるところから。

「さて、明日の目標も決まったところで、今日のダンス、やりなおさん!?」

あたしがそう言うと、みんなの顔がぱっとかがやいた。

「賛成！　やろう！」

だれからともなく立ちあがって、片手に夢ノートをかかえたまま、円陣を組む。

一回どん底まで落ちて、もう怖いもんはない。あたしらの夢を乗せたロケットは、ここから再出発や。ジェット機もこえる速さで、飛びたってみせる。

みんなで手をかさねようとして——ふと思いだした。

「そういえば、今日、かけ声わすれたがの!?」

あたしがそう言うと、みんなも「あぁ」となっとくしたような顔になる。

「たしかに。そこから、ひとつじゃなかったんやの」

そんな渚の言葉に、汐里がうなずく。

「そうだね。あたしもあせってた。ごめん」

「お？　汐里の口から、『ごめん』やって！」

あたしがちょっと茶化すように言うと、汐里は「うるさいなぁ」と照れたように笑って、あたしをひじでつつく。そんなようすを見て、みんなも小さく笑った。

「じゃ、あらためて、かけ声からやろっせ！」

あたし、汐里、渚、穂香、琴、妙子、麻子、茉希——八人の手が、円の中心でかさなる。

音頭を取るのは、部長のあたし。あたしは、みんなの顔を見まわして、胸いっぱいに息を吸いこんで——部室の外までひびきわたる大きな声でさけんだ。

「いくよ……！　We are……」

「「「ROCKETS！」」」

明るく、素直に、美しく――初代ＪＥＴＳのみんなが全米制覇を果たす物語をつづったのは、２０１７年２月のことでした。映画のノベライズという形式、チアダンスという題材、福井県という舞台、すべてがはじめて出会うものばかりで、なやみながらも、とても新鮮な気持ちで物語と向き合ったことを、今でもよく覚えています。

あれから現実の世界では１年半、物語のなかでは９年もの時が経ち、わたしはこうしてまた、『チア☆ダン』の世界にもどってきました。

今回も、わたしは原作の脚本という地図を手に、意気揚々と物語の世界に旅立ったのですが、乗りこんだのは、電車でもバスでもなく、なんとロケットでした。しかも、目指す場所は、ＪＥＴＳをこえた先にある全米制覇。

自慢ではありませんが、ＪＥＴＳのすごさなら、わたしも、わかばちゃんに負けないくらい知っているつもりです。なんせ、１年半前に、書いているのです。夢をかなえた初代ＪＥＴＳのみんなの、ひたむきで、キラキラした３年間を。

でも、初代ＪＥＴＳのみんなのことも大好きだったからこそ、高らかにかかげられた「打倒ＪＥＴＳ」の言葉に、とてもワクワクしているわたしがいます。

どんな旅路になるのやら、わたしにもまだまだ想像がつきませんが、個性豊かなＲＯＣＫＥＴＳのみんなといっしょなら、きっと楽しい旅になるはずです。わたしも彼女たちとともに、なやんだり、泣いたり、学んだり、笑ったりしながら、「できっこない」に挑みたいと思います。大きな夢へ向かって飛びたったこのロケットが、どんな場所へたどりつくのか、読者のみなさんも、ぜひいっしょに見とどけてくだされればうれしいかぎりです。

みうらかれん

2018年10月発売予定!

みのがしちゃダメやよ!!

角川つばさ文庫

みうらかれん／文
1993年1月11日生まれ。兵庫県芦屋市出身。大阪芸術大学文芸学科卒業。大学在学中、『夜明けの落語』（講談社刊）で第52回講談社児童文学新人賞佳作を受賞。

榊 アヤミ／絵
新進のイラストレーター。神奈川県出身。「新訳　アンの青春　完全版」シリーズ（角川つばさ文庫）や「笑い猫の５分間怪談」シリーズ（小社刊）の本文挿絵などを担当。

出版協力　株式会社ＴＢＳテレビ 映画・アニメ事業部
出版コーディネート　株式会社ＴＢＳテレビ ライセンス事業部
方言指導　金光 萌
JASRAC 出 1807068-801

角川つばさ文庫　Cみ2-2

チア☆ダン
ROCKETS
①９年後のJETSとわかば

文　みうらかれん
絵　榊 アヤミ
ドラマ脚本　後藤法子／徳尾浩司
原作　映画「チア☆ダン」製作委員会

2018年８月15日　初版発行

発行者　郡司 聡
発　行　株式会社KADOKAWA
〒102-8177　東京都千代田区富士見 2-13-3
電話　0570-002-301（ナビダイヤル）
印　刷　大日本印刷株式会社
製　本　大日本印刷株式会社
装　丁　ムシカゴグラフィクス

ISBN978-4-04-631830-5　C8293　N.D.C.913　238p　18cm

読者のみなさまからのお便りをお待ちしています。下のあて先まで送ってね。
いただいたお便りは、編集部から著者へおわたしいたします。
〒102-8078　東京都千代田区富士見 1-8-19　角川つばさ文庫編集部

つぎはどれ読む？ 角川つばさ文庫 のラインナップ

新訳 ナルニア国物語
①ライオンと魔女と洋服だんす

作／C・S・ルイス
訳／河合祥一郎
絵／Nardack

いなかの古い家にあずけられた四人兄妹は、空き部屋で大きな洋服だんすをみつけます。開けてみると、そこは悪い魔女が支配する国ナルニアでした。「この国を救うために私達が王様に!?」四人は魔女に戦いを挑みます！

小説 チア☆ダン
女子高生がチアダンスで全米制覇しちゃったホントの話

文／みうらかれん 絵／榊アヤミ
映画脚本／林 民夫

「笑われたって、できっこないことやってやるし！」高1のひかりはサッカー部の孝介を応援するためだけにチアダンス部に入る。なのに顧問の鬼教師・早乙女は、前髪＆恋愛禁止の超スパルタでめざすは、せ…世界!? 話題の映画を小説化！

新訳 星を知らないアイリーン
おひめさまとゴブリンの物語

作／ジョージ・マクドナルド
訳／河合祥一郎 絵／okama

アイリーンひめは秘密の部屋で自分と同じ名の若く美しいひいひいおばあちゃまと出会います。その日からゴブリンにねらわれたり、鉱山の少年と冒険したりと危険な毎日。やがて屋敷をせめこまれ…。絵141点の傑作ファンタジー！

こちらパーティー編集部っ！①
ひよっこ編集長とイジワル王子

作／深海ゆずは
絵／榎木りか

あたし、ゆの。ムダに元気な中1女子！ 夢は、天国のパパが作った幻の雑誌『パーティー』の復活！ でもやっとできた編集部は問題児だらけでマンガ家はチャラすぎて手におえない！ これじゃ文化祭にまにあわない！ 部活コメディ♪

プリンセス・ストーリーズ
眠り姫と13番めの魔女

作／久美沙織
絵／POO

「オーロラ姫はつむに刺されて死ぬ」13番めの魔女が呪いをかけたその日、兄弟王子は姫のためにちかいをたてた。兄は英雄王をめざし、弟は人質になることを。おとぎ話の『眠れる森の美女』が、泣けるラブストーリーに！

新訳 赤毛のアン(上)
完全版

作／L・M・モンゴメリ
訳／河合祥一郎
絵／南 マキ

孤児院から少年をひきとるつもりだったマリラとマシュー。でも、やってきたのは赤毛の少女アン！ マリラはアンをおいかえそうとするけど…。泣いて笑ってキュンとする永遠の名作をノーカット完全版で！